ちくま文庫

オレって老人？

南 伸坊

筑摩書房

目次

オレって老人？

法的に老人

「団塊世代の、ほぼ50％は、自分を老人と思っていない」

といったのは私である。統計をとったわけではなく、単に団塊世代である自分の実感をのべただけだ。

以下、次のようにつづく。

「残りのほぼ50％が、自分を老婆と思っているはずがない」

この断言の根拠は、私が若いころに遭遇した驚愕的な体験によっている。

当時、私はいくつだったろう。

二十代前半だったか、あるいは三十代前半だったか、まァ、いずれそのくらいの、今の私からしたら「単なる若い者」のころである。

電車に乗ってたら、お婆さんが三人つり革につかまっておしゃべりしていた。かれこれ七十デコボコ。見るからに「お婆さん」な三人である。

お婆さん三人が、つり革につかまりながら、おしゃべりしているまん前に、学生風の若者が二人、座席に座っている。二人のとなりに空席が一つあるけれども、お婆さんたちは、座るなら一緒に三人で座りたいのだろう、席には目もくれず、ずっとおしゃべりをしている。

と、どうやらその様子に気づいたらしく、二人の学生風の若者が、サッと同時に立った。そして、小声で目の前のお婆さんになにかを言うと、そそくさと隣の車両に移っていった。

つまり、若者がお婆さんに席をゆずったわけだ。

「当然のことをしたまでだな」と、私は思ったと思う。

ところが、お婆さん三人組が、そこへ座ろうとしない。ばかりでなく、次のように、私にも聞こえるような大声でこういった。

「ちょっと、失礼しちゃうわねェ、あのコ」

「ほーんと‼　どういうこと？」

「おばあさん、い、い……って」

「いったわよねえ」

「そう！　信じられないわよ」

って、こっちが信じられない会話である。

そうか、自分がお婆さんだ、と思ってるお婆さんというのは、「この世にはいないんだ」と、その時、世界の秘密を若者の私は垣間見てしまったのだ。

その日から、そう三十年か四十年後だろう。その時というのは、ついこのあいだなのだが、なにしろ「世界の秘密」を開示されたのが、私がいくつの時だったのか、が不分明なので、このように「不確か」な表現になってしまう。

その時は私が、電車の座席に座っていた。思わずウトウトとしていたと思う。毛糸の帽子を私は脱いで、膝の上にのせていたらしい。車内アナウンスが、降車駅をアナウンスしているのを私は聴いた。

ハッと目を覚まして、ドアがあくと、私はおもむろに立ち上ったのである。その時である。

「おじいさん、おじいさん‼」

と、どこかでおじいさんを呼ぶ声が聴こえてきた。

「おじいさん、帽子！　帽子！」

と、その声は、私の座っていた座席の前のオジサンの声だというのが、わかった。オジサンは床を指差していて、その帽子は私の帽子なのである。帽子を落としたおじいさん、とは私のことだった。

「ありがとうございます」

と、私はいって、帽子を拾うと、すばやく電車を降りた。ありがとうございますとはいった。が、私のほんとうの気持は、それほどありがたくはなかったのである。

次の話も、正確な年月はおぼえていない。なんでも、まァ、ずいぶん昔のことではある。かれこれ三十年以上は前のことだろう。

『ビックリハウス』という若者向けの雑誌があって、そこで私は雑文を依頼されては書いていたりした。その縁で、編集部に呼び出されて、座談会に参加したのだった。

　座談会のテーマというか主旨は『団塊世代、老後を考える』のようなものだった。私と山口文憲さんと橋本治さん、それから当時編集長だった高橋章子さんの四人で話す。

　私たちは、文憲さんも、橋本治さんも、まだ三十才をいくつも超えていない。編集長はさらに若いので、まだ二十代の後半であったはずだ。

　つまり、まるで「老後」などとは無関係に生きていた「若者たち」である。座談会は冗談企画だったのだ。

　一室にカツラや各種の衣裳、そしてメイク道具と鏡が用意してある。それぞれ自分で、老人らしく扮装をして、それであとは自由に老人としてディスカッションして下さい、という趣向であった。

　面白いので、それぞれカツラをとっかえひっかえかぶってみては笑っていた。友人の山口文憲を見ると、いましもロマンス・グレーの、髪の毛たっぷりのカツラを、つけるところだった。

「よおよお！　二枚目だね、どうも」

　と私はひやかした。

　後年（ていうか、つい先日のことだが）、私はあの日のことをむしかえして、またひやかした。

「あの時点で文憲、もうすでに相当額が広くなってたんだから、ロマンス・グレーはないだろ、とオレは思ったけどね」

「あ、そうそう、オレ、最初、ハゲのカツラかぶったらさァ、あんまりズバリ似合っちゃったんで、やばい‼って思ってアレに替えたのよ」

「でも、案外もったね、それ、地毛だろ？　おれの予想じゃいまごろスッカリなくなってると思ったけどな」

「ははは、まあな」

　私はといえば、選んだのはサザエさんちの波平か、デン助劇場みたいなハゲかつらだった。つまり、その場でうけようと思っているだけの、うかれた選択だ。

　その時、フト、橋本治さんの様子を見て、私は凍りついた。我々二人とは、明らかに違う思想が、そのカツラには表現されていたのだ。それはおそるべき「リアリズム」だった。

うすらハゲ……みじめったらしく毛の残った、「老醜」を絵に描いたようなカツラである。しかもその上、橋本さんはみずから顔面に、リアルなしわを描き、老人性のしみを、刻明に描き加えていたのだ。

私はアッケにとられた。この人は、あきらかにオレとは違うビジョンを、自分の将来について、くっきり見つめている！　オレの考えてもいないようなことをこの人は考えている！　と思ったのだ。

座談会で何を話したのか、全く覚えていない。私は完全に気圧されていたと思う。そしてこの時感じた「畏敬」の念が、いまもそのままにつづいている。

そんなわけで、私は「人間は自分の年齢というものを受け容れるべきだ」といまは思っているし、「老人は老人らしく、老人としての役割を受け持つべきだ」とも考えている。「アンチエイジングだの、いくつになっても若い気持だのって、不自然なことを言ってないで、あるがままの自分の年齢を、正しく自然に、自覚すべきなのだ」とリクツではそう思っている。

アメリカ風の若者優位の価値観を、今こそかなぐり捨てるべきなのであると演説したいくらいな勢いである。

が、ほんとのほんねのところでは、自分を私は「まだ若者」のつもりでいるらしいのだ。若者！ってアンタ……。てへへ。エヘヘヘヘである。

私はこの六月三十日に六十六才になる。法的にいって、いわゆる「前期高齢者」である。

老化すると人は老人になる

私が老化に気づいたのは、先週だったと思う。

いや、先々週だったかな、先々々週だったかもしれないが、まァ大したことじゃない。つづめて言えば最近だ。

首が痛くなった。

首が痛くなったのが生涯に初めてだったというわけじゃない。

もう六十二年も生きているんだから、首の一本や二本、痛くはなったのだ。が、しばらくすると首につづく肩地帯も痛くなってきた。いわゆる肩がこった。

もう六十二年も生きているんだから、肩こりのひとこりやふたこり、いくらでもしているけれども、わけもなしに肩がこったのは今度が初めてだ。

別にやっかい事を抱えていたわけでもない。〆切が重なったわけでもない。ごくふつうに、たんたんと暮らしているところに、首がちょっと、と思う間もなく肩こりがしてきたのである。

「老化したな」と私は思った。

整体の先生に診てもらったが治らない。体操するが治らない。マッサージしてもらうと、された当初はいいようだが、またぞろいつのまにか痛くなっている。首を冷やすのがどうもよくないらしい、ときいて、それから寝るときはもちろん四六時中エリマキをしている。

そんなふうにしているうちに、まあ、このような毎日が「つまり老化だ」と気がついたというわけだ。

「老化する」と体のあちこちに、痛かったり、重かったり、しびれたり、まあ不如意の部ができてくるのだ。そうして、そういうことに不満を言ったり、疑問を呈したりしているうちに、それが常態になっていく。これがつまり「老化」だ。

底ぬけに元気で軽薄な老人というのはいない、と私は思う。いたとしたら、まだその老人は老化していないのだ。

老化すると、あちこち痛いから、そんなにニコニコばかりしてられない。老化したての老人は、それでも周りに気をつかって、お愛想にニコニコしたりするかもしれないが、いずれそんなにまで、世間にニコニコペコペコしてどうする？　という気になると思う。

気の向いたときだけ、ニコニコしたり、ペコペコしたりするようになったら、まあ、立派な老人だ。たとえば、若くてかわいい女のコにお世辞にほめられたりするとニコニコする。それから、なんかモノをもってきてくれる人がいたりすると、すまないねぇエヘへと笑って、ペコペコする。

そういうのが老人で、それ以外のときは何にも面白くねえやい、みたいな顔をしてるのが老人だと思う。

あっ、今思い出したが、もうちょっと前に目まいが出て、医者に行ったら「老化」だって言われたんだっけ。あの時からもう老化だったなと思ったが、別にいいや、もう老化しちゃってんだから。

老人の嗜み

現在百五十七才の老人から見たら、私もまだまだガキだろうし、ハナタレ小僧であろう。しかし、五十七才といったら、いいかげんおジイさんである。と五十七歳の私は思っているのであって、それは私がまだまだガキで、ハナタレ小僧だということだろう。

私がほんとにハナタレ小僧だったころに、五十七才のおとなといったら、それはもう、もんのすげえ、じいさんだった。

〽年はとっても、お船を漕ぐ時は、元気いっぱい、櫓がしなる。

と歌に歌われている、村の渡しの船頭さんは、今年六十のお爺さん、である。

五十七なんて、ほとんど六十ではないか。六十なら七十とか八十とかともそんなに違わない。

ところが、じゃあ自分が、日頃ジジイらしくしているのか、ジジイとしての自覚がきちんとあるのか？　といえば全然、情け無いほどにそうでないのだった。

これはおそらく、現代の社会というものがジジイにジジイらしくすることを阻むような、そういう価値観がある、というよりも、ジジイがジジイらしくするのがいいという価値観がこわれてしまったということにあるのではなかろうか。

去年の秋、柿の実がなっているころだったが、私と私より一つ年上の（つまり現在五十八才）の友人と二人で、さる所を歩いていると、柿の実が沢山なっている。そこは閑静な住宅街だったが、その友人はブロック塀の風穴に足をかけるやその柿の実を、すばやく二つもいだ。一つを私にくれ、手にした柿をその場でバリバリっと食べ出した。

こうなれば、私もそれを食べるしかないので噛みついていると、昔風の玄関のガラス戸をチリチリチリンと鈴をならしながら出てきたお爺さんがいて、この人がまるで、マンガに描いたカミナリ親父《おやじ》のような、お爺さんなのだった。

「こらァ‼」

と叱られるものと思っていると、そのお爺さんは、その場でゲラゲラ笑ったのである。今時、柿を盗む者がいる、と思って出てきたら、二人の「いいオヤジ」だったので「うれしくなってしまった」ということだった。

この人はいい人で、ワレワレも助かったのだけれども「これはいけない」と私は思う。やはりカミナリ親父は「こらァ‼」と怒鳴らなくてはいけない。

私は最近、みずからジジイらしくなるために、いろいろと工夫をしている。本を読む時だけかけていた老眼鏡を、そうでない時にもかけて、しかもズラした鼻眼鏡越し、上目遣いに人を見る。

柄の大仰なコウモリ傘を買って、それをステッキのように持って、周囲をニラミつけるように歩く。

中折れ帽をかぶり、旧式の外套を着て、雨の日にはゴム長をはき、不機嫌そうな顔をして歩く。

老人は不機嫌にしていなくてはいけない。

近頃のツバメ

「近頃のツバメは……」と、その老人は言った。

「巣作りがヘタだ」

なるほど、私の知り合いのツバメも、たしかに巣作りがヘタで、去年も一昨年も、八割方作り上げた巣を落としている。

そうして今年も、どうもうまくいかずに、まだ四割方しか出来ていない巣が落ちてしまった。

「もちろん、ツバメの営巣技術の低下というものがないとは言えない」

しかしと私は言った。「近頃の環境」にもいささか問題がある。

ツバメの巣は、おもに水に濡れてドロドロになった土と、枯れ草やワラなどを建材にしているのだが、近頃の都市環境では、まずこの資材調達に困難が伴う。

加えて、その土質に粘りが不足しているなどのマイナス要因もあろう。「近頃の泥」の根性のなさ、は記憶に新しい。近頃の泥は、ちょっと雨が降ったくらいで、すぐに崩れてしまうから、信用できない。

「近頃の道路」や「近頃のマンション」にも、同様に問題があるに違いない。と多くの人は思うだろう。

「近頃のマンション」といえば「近頃の一級建築士」や「近頃のコンサルタント」「近頃の建設会社」や「近頃の民間検査機関」「近頃の不動産会社」も問題だった。

「近頃の外国製エレベーター」も問題になったし、少し前「近頃の回転ドア」も問題だった。

「近頃の運転手」「近頃の踏切番」も「近頃のパイロット」も効率優先が問題なのだった。

要するに「近頃は」なにもかもが問題である。また、近頃はあらゆる職業人が問題をおこす。

「近頃のNHK職員」や「近頃の民放アナウンサー」、「近頃の警察官」「近頃の小学校教諭」。

「近頃の日銀総裁」。

「近頃の絵描き」「近頃の母親」や「近頃の首領様」「近頃の役人」「近頃の政治家」「近頃の総理大臣」「近頃の大統領」「近頃の宗教家」も大いに問題だ。だが、ここまで書き連ねてくると、果たして「近頃」だから問題だったのか？　怪しくなる。

「近頃」といえば昔から問題にされていたのは「若い者」だった。

「近頃の若い者はなってない」と、老人は必ず言ったものだった。

紀元前のエジプトのパピルスにも、この「近頃の若い者」が、なってないという主張はなされていたそうだと、そんな話も何度も聞いた。

ところで私は、来年つまり二〇〇七年に、六十才になる、いわゆる二〇〇七年問題の問題児だ。

六十才になろうっていうのに、自ら「問題児」と名乗ってしまうところが大いに問題である。

つまり「近頃の老人」は、いまだに自分を「近頃の若い者」だと思っているという問題だ。

そもそも老人は世の中の本流から外されるから「近頃」のありさまに批判的になれるのである。

批判される方は、どうせ世の中の本流から外れた老人のタワ事だ、と言ってもいいが、無視してはいけない。

そうして無視されたとしても、老人は「近頃」の気に入らないことどもを、糾弾し続けるべきなので、それができるかどうかが問題だ。と私は思う。

アンドレア・デル・サルトの謎

「忘却とは忘れ去ることなり」

っていうのは、大昔のラジオドラマ『君の名は』のイントロだ。

こんなことを覚えてたって、なんにもならないのに覚えている。

このコピーのミソは、一度聞いて「もうわかった」と思わせることだろう。

「漢字の説明か？」と思う。

それを、何度もくりかえすので、妙なカンジが出てくる。一回でわかることを、
どうして何度もくりかえす。

この文句、続きはこうなる。

「忘れ得ずして忘却を誓う心の悲しさよ」

ここに考察の余地があると私は思う。記憶のメカニズムを考える糸口として。

私に言わせれば「忘却とは覚え直すことなり」である。

近頃、人名をよく忘れるが、その忘れ方に法則性がある。

何度も忘れる人の名というのがあり、その都度思い出しているのだから、いいかげん覚えそうな理屈だが、何度も忘れる人の名は、さらに何度も忘れることになるのである。

この現象の解釈がすなわち、「忘却とは覚え直すことなり」ということである。ある人物の名を忘れる。すると脳は、この忘れたという事実を覚えて、それを記憶するわけだ。だから、次にその人名が必要になった時、脳はその忘れたという情報をとり出してくる。

私「あの、なんてったかな、あのハゲの、どんぐり眼の…」

脳「あ、ハイ、ハイ、ハゲの、どんぐり眼の……ってこないだも、その人の名前、忘れましたね」

という具合だ。だから、本当に忘れたくないとするのなら、忘れてしまった、という事実より、もっとインパクトのある記憶を上書きするのがいい。あるいは、記憶をたしかにするために何度も同じ刺激をくりかえす。

つまり、忘却をしたいと、本当にのぞむならば、真知子も春樹も、忘れよう忘れよう、としてはだめだ。それでは「忘れよう忘れたい」ということを記憶するのみで、忘れたいことの本体は忘れられない。どころか記憶を強化してしまうことになるのである。

こんなことを考えるにいたったのは、実は、特に覚えようとしたつもりのない人名が先日、ふと意味もなく浮上してきたからだ。

「アンドレア・デル・サルト、アンドレア・デル・サルト」

とその人名は、何の脈絡もなく、単に音として脳内に出現した。

やがて、それが『吾輩は猫である』に登場した人名だったのを思い出したのだが、ナゼ？　である。

私は中学時代に漱石のこの小説をたしかに読んだ。しかし、その後読み返した覚えもないしアンドレア・デル・サルトなんて架空の人物だと思っていた。

小説の中に出てくる「トチメンボー」の如きヨタだろうと、ずっと思ってきたのだった。

試みにネット検索をしてみて驚いた。アンドレア・デル・サルトは実在のマニエリスムの画家だったのだ。その画家の自画像らしき肖像画も出てきた。あれこれ調べるうちに、私が何度か『吾輩は猫である』を読み返そうとしていたという事実が露見した。しかも最初の数ページで、何度も挫折していたという事実まで露見してしまったのだ。

なぜならばアンドレア・デル・サルトは冒頭6ページ目で出てきて、しかもしつこいほどくりかえされていたからである。どうやら漱石も、この人名を、音として面白がっていたらしい。

クレーの忘れもの

オーサコさんが、ロッカールームで「わっ！」といって天を仰いでいる。ずい分、仰いでいるので、「えっ？　どうしたの？」とツマが尋《き》くと、トレーニングウェアのズボンの部を忘れてきてしまったのだという。「じゃあ私の貸したげますよ」と、ツマはロッカーにウェアのスペアを持っていったらしい。はじめて知った。

私たちがトレーニング・ジムに出かける時には、ツマがきっと荷物をチェックするので、私はいままで、ウェアを忘れたことはないけれども、チェックされなかったら、かならず何回かに一回は忘れている自信がある。

ジムには一週間に二、三回行く。木曜は休みなので、今日は美術館にでも行こうかというので、近代美術館でやってるクレーの展覧会に行くことにした。思えばクレーの展覧会を見るのは初めてだ。台風がくるとTVがおどしていたからか、クレー人気がそれほどでもないのか、展覧会は理想的な入り。ゆったり自分たちのペースで見られる上に、以前、ゴッホ展の時には大混雑でとてもじゃなかった美術館内のレストランにも今日はなんとか入れそうだ。

ベンチに座って、買ってきたクレーの画集を、パラパラめくりながら、

「まてよ」

と私が言った。この本、うちになかったかな。

同じ本を何度も買ってしまう、という失敗は数えきれないほどしている。重い思いをして、遠くの古本屋で買った本、やっとこさっとこ持って帰ったら、まったく同じ本（しかも上・下巻）がそのまま存在してたり。

何度もページを繰っていれば、わかるはずだが、とくに絵の本は買ってしまうと、安心してしまって、そのままになることが多い。気に入って買ったので店頭で見るとまた気に入ってしまう。

「何？」

「この本、うちになかったかなあ、持ってるような気がする」

「えー、ないんじゃない？　あ、オーサコさんからメールだ」

「なんて？」

「昨日はトレーニングパンツありがとうって、暑さボケと思いたいけど、トシかな、最近、ウッカリが多くて困ります」

オーサコさんはまだトシじゃないし、忘れものくらい人間として普通だろ。

「なんて、メールしようか」

だからまァ。自分だってよく忘れるとかさ。

「えーと、そだね。わたしも忘れものだったら、おーさこさんに負けてないです……」

えーと、最近なに忘れたかな？

「だから、何忘れたかも忘れたって書けばいいじゃん」

「しんちゃんも何か言う？」

「うんとねー、オレもねー」

今、なんか忘れた気がしたけど、何忘れたか忘れた。

「いーま、夫にきくと、…………え？　何忘れたって？」

いや、だから何忘れたか忘れたって。

ヨタメールを打ってるうちにすぐ、レストランの席はまわってきた。今日はわりと涼しくて戸外の席がすがすがしい。

調子にのって、ビールも注文して、ガーリック・ポテトフライで二杯ものんでしまった。

「サイコーだったな」

と、仕事場にもどって私は言った。最近、こんなにスムーズにたのしく見られた展覧会はめずらしい。

本棚に、先刻買った画集『クレーの贈りもの』をさしこもうとして気がついた。同じものが、もうすでにさしてある。

アノホラロボットとは何か

「アノホラロボット」を発明したのは私だ。

といっても、まだ実在はしていない。アイデアだけ。

アノホラロボットは、ロボットだが、大きな動作はあまりない。時々ゴロンとしたり、何かにもたれかかったりするだけだ。

「あの、ほら……」とか「えーと、ほら」

「あれ、なんてったっけな、ほら」のように話しかけると反応する。

「松登《まつのぼり》？」

「エ⁉　そう、相撲取りでさァ」

「じゃ、大内山《おおうちやま》？　大起《おおだち》？　岩風《いわかぜ》？」

「シブイとこ揃えてきたね」

「房錦《ふさにしき》、大晃《おおひかり》ね、三根山《みつねやま》、鳴門海《なるとうみ》」

「うん、たしかに、そう、そのへんなんだ」

「若秩父《わかちちぶ》とかね、塩いっぱい撒く」

「そうすると出羽錦《でわにしき》のほうはほんのちょびっと……」

「出羽錦なの？」

「いや、ちがうんだけどさ、地味な……」

「信夫山《しのぶやま》？　明武谷《みょうぶだに》？　成山《なるやま》？」

「あ、それそれその成山、よく思い出したね」

「まあネ」

という具合に作動する。予め、こっちの好きなジャンルとか、傾向とかのデータが入力してあるから、察しがめちゃくちゃいいのである。ツマミがあって、この察しのレベルの調節も可能だ。

「あの、ほら……」

「ほら？」

「いや、あの、歌手でさァ……昔の」

「東海林太郎ですか？」

「じゃなく」

「伊藤久男かな？　イーヨー、マンーテーの」

「もうちょっと新しい」

「わーらァにィ、まみれてよーお……」

「いや、もうちょいこっち」

「どんな？　男？　男で、どんな曲？」

「青春歌謡っつうか」

「マイク真木！　バーラが咲いたァ、バーラが咲いたァ」

「フォークじゃん」

　正解は三田明だが、正解だけが知りたいわけじゃないので、ツマミを調節して、もっとのばそうと思えば、いくらでも話がのばせるのである。

要するに、時間つぶしロボット、おしゃべりロボである。話せば話すほど、ロボットはクライアントの脳ミソに近くなっていく、しかも記憶力はおとろえない（ツマミで調節も可能）。

ツマミ……ってのが、ちょっと古いね。そうですか、昭和はもう古いのかあ。

最近は、このちょっと古いねっていう時、「昭和だね」っていうんだってね。そうですか、昭和はもう古いのかあ。

って、話がズレましたが、これから、高齢化社会ですからね、まァ、昭和の生まれが、どんどん老化して、老人人口がどんどん増加する。まァ「飽和時代」といっていいくらいに、増えます。

そういうご時世に、私のこの、アノホラロボット構想っていいますか、アノホラロボット・プロジェクトっていうもんがですね、お役に立てたらいいなと（パテント代はいらないです）思っとるです。

アノホラ検索

以前に「アノホラロボット」構想というのをのべたことがあった。どういう構想かというと、つまり物忘れがはげしくなった「ろうじん」の相手をするロボットをつくったらどうか？　という提案だ。

「あの……ほら」なんてったっけあの、と言っただけで、ろうじんが何を言いたいのかわかってやる、気のきくロボット。

まァ、わざわざロボットにしなくたって気のきく人間がいればすむことなんですが、そういう人がいたらいいと思うほうはいいかもしれないが、気をきかせなきゃいけない立場のほうは面倒なので、しかたないロボットをナニして、という話になったわけだ。

「しかし、それはもう……」と、その話を遮った人が言うには、そのロボットにさ、なにか思い出させるにあたって「ヒント」の単語くらいは言うんだろ？

「まァ、そうだなヒントくらいは言う」と言うと、君はあまり利用しないらしいが、パソコンのネット検索というのは、たいがいそんなもんだゾ、と言うのだった。そう言われたらそうかもしれない。

正岡子規が、なんとかいう題の本でとてもユーモアがあっていいことを書いてたんだが、なんて本に書いてあったんだっけな、と早速検証の機会が訪れた。

先日『笑う子規』っていう子規の笑える句だけを集めた本を天野祐吉さんが編んで、私がそれに「俳画」をつけた。出版を記念してトークショーをしてほしいということになったのだった。じゃあ、あの話をしよう。と思った所でろうじんが忘れていたのである。

じゃあその既にある「アノホラロボット」に訊いてみよう。というので正岡子規と入れて、そのコトバを続けてみた。「いつ死んでもいい、けど今日じゃなく」

ウロ覚えだが、まあ、大略そういうコトバ。子規はそのころ常時死ととなりあわせだった人、しかしこのコトバは、さしあたり死に直面していないワレワレ凡人にも大いに共感できる。

ところが、この入力に対して、アノホラロボットの出力は、『病牀六尺』に出てくるコトバとして、

「いつ死んでもいいと思うのが悟りと思っておったが、間違いやった。平気で生きておることのほうが悟りや」

というのばかりが出てくる。なるほど同じ人が言ってるので、このコトバも含蓄はあるけれども、笑いがない。いつ死んでもいい！　と言っておきながら、でも、今日じゃなくネ……って、死神にプチお願いしてるみたいな、情けない感がない。堂々とした立派な格言です。

いろいろに工夫して、入力をやりかえたけどダメで、つまり、このコトバのほうが人々にやたら人気があるのはわかった。が、「今日じゃなく……」のほうは、まるっきりかすりもしないというのはどうしたことだろう？　あのコトバ、子規のコトバじゃなくて、私が勝手に読みちがえてたのかな？

○私が気に入ってたコトバ、実は子規の死の前年に書かれていた日記『墨汁一滴』の一節だったことが、偶然判明しました。つまり、もう一度あれこれ読んでるうちに見つけたのです。これからは気に入った言い回しや、エピソードは書き抜きしとくとか、傍線引っぱっとくとかしないとですね。見つけようとするとなっかなか出てきません。

読んでみたいと思う人は『墨汁一滴』の、（五月二十一日）分に当たってみて下さい。子規、カッコイイです。とてもあの、むちゃくちゃ悲惨な頃に書かれた文章とは思えない、死ぬほど痛い日にあってる時に、人を笑わす文章を書けるって、すごいです。とてもマネできる芸当じゃないですがあこがれますね。

○アノホラロボットとネット検索は、私の考えでは全然似ていないと思います。自分の知らない初耳のことがスルスルわかるってのと、自分がたしかに知っていたことを、思い出させてくれるのと、どっちがウレシイかっていったら断然、あとのほうです。

おもしろいひとりごと

坂道を、おじいさんが自転車を押して登っていく。私もおじいさんだけど、もっとおじいさん。

自転車を押しながら、何かひとり言を言うらしい。近頃、道でひとり言を言う人を見ても、あまりギョッとしなくなった。

ケータイで話しているからだが、さすがに自転車を押しながら、通話する人はない。時々、道で怒鳴っている人がいて、この場合、みんなはその人と目をあわさない。その人だって、話す相手がいたら、怒鳴ったりしないのだ。怒鳴るとそのへんの人がビクッと反応してくれるので怒鳴っている。

「電話で叱る」パフォーマンスをする人もいた。地下鉄丸ノ内線の銀座駅、おじさんは六十デコボコ、スーツを着て公衆電話で英語で怒鳴っている。なにかビジネス上の言い合いだが、おじさんが断然優位で叱りつけている風だ。が、相手はいないとみんな知っている。いつも同じエスカレーターのそばの電話である。いろいろあったんだろうな、とみんな思うから下向いて、エスカレーターでスーッと通過していく。

自転車のおじいさんは、この人とはちょっとちがうらしい。ぜんぜん怒ってはいないようなのだ。が、何を言っているのかはさっぱりわからない。「ナントカカントカ、ハラショー」と聞こえたので、ロシア語を話しているのかとも思ったが、ハラショー以外はまったく不明だ。

そういえば、以前、電車の中でドイツ語でひとり言を言う老人を見た。あの時はすっかりドイツ語とわかったので「洒落《しゃれ》てるな」と私は思った。独語で独語。と、とつぜん、おじいさんのコトバがはっきり耳に入ってきた。

「イチハチジューノモークモク……」

これなら落語だからわかる。その落語は、字の読めない人がヒラバヤシさんをたずねていく話だ。

字が読めないので紙に書いてもらって、持っている。ヒラバヤシを覚えられないから通行人にその字を読んでもらうのだが、その都度さまざまに教えられるので困る話だ。

「タイラバヤシカ、ヒラリンカ、イチハチジューノモークモク、ヒトットヤッツデトッキッキー」

というので、おじいさんがいま口にしたのは、そのクダリである。

なるほど、これはいい趣向だ、と私は思った。私もひとり言を言わずにいられなくなった時には、この手を使おう。

落語もいいし、芝居の声色もいい、都々逸とかできたりするともっといい。時には詩を諳んじておいて、朗々と発表するのもいい。

いくじだいかがありまして
さんでしんだはみしまのおせん

うまれはえんしゅうはままつざい
かいじゃりすいぎょのすいぎょうまつ
うたごうらくはこれちじょうのしもかと
やまのあけびはなにみてひらく
じゅうごやおつきさんみてはねる

なるほど暗誦というのには、こういう効用があったのだ。

お返事

私は運転をしないので、あるいは見当違いのことを言うことになるかもしれないが、あのドデカイ図体のトラックが、女の声で
「右へ曲りマス、ピピピ」

というのはいかがなものだろう。

「右へ曲りマス、ピピピ」

「右へ曲りマス、ピピピ」

と、際限なく繰り返すのである。

「右へ曲がるのは分った」

と、私は声を出さずに、そう思うけれども、女はお構いなしだ。

「右へ曲りマス、ピピピ」

と、繰り返し言う。

私はタクシーに乗っている。前のトラックは、たしかに右へ曲るのだろう。しかし、今は信号で止められ、渋滞している。

女の声は録音されているので機械が言っているのである。あれが生きている人間だったら、周りじゅうの車が、ウィンドーをツーッと開けて、首を出し、

「わかったよ！」

と迷惑そうに言うだろう。機械だから仕方なく言わせている。

しかし、トラックの運転手も信号で止まった途端にあんな風に右へ曲がる宣言をさせるしか方法はないのか？

渋滞ぎみだな、と見たら、ちょっと女に待ったをかけておくなり、あるいは、三度ばかり言わせたところで「切」にする、などのことはできないのか？

実にばかばかしいことだと思う。

地下鉄の車内アナウンスも女がするが、英語で得意そうに言うのが気にくわない。

英語はこちらには無関係だし、何と言っているのかわからないから、別段問題ないようなものの、英語の中に日本語が混じって、それが間違っているのが癪にさわる。なんだか、次の駅で、都営の三田線に乗り換えられる、とか言っているようだが「都営三田線」のことを「町営ミタライン」という。あるいは「東映ミタライン」にも聞こえる。

そうして、間違っているのにしゃあしゃあとしていて、得意気なのだ。なぜ「トエイ」と言えない。「トーエイ」ではなく、「ト・エ・イ」だ！と毎朝思うが、別に苦情を言ったわけではないからいつまでも改善されない。

このように、録音した機械のアナウンスというのは、たいがい腹立たしいものだが、今日、私のツマが、デパートでこんなことがあったと聞かせてくれた。

デパートでエレベータに乗ると、係はおらず自動運転中だったそうだ。七、八人の人が乗り合わせた。ツマが箱へ入ると、

「ドアが、閉まりマス、閉まる扉にご注意クダサイ」

と、女が言ったそうである。係はいないので、声は機械が言っているのである。

「ドアが、閉まりマス、閉まる扉にご注意クダサイ」

と、機械のことだから二度くらい、繰り返しただろう。と、間髪を入れず、

「はいッ！」

と、素晴しいお返事をしたコドモがあった。

コドモは二才か三才くらいの女のコで、祖母らしき人に手を引かれていた。

そのタイミングが、あまりに可愛らしかったものだから、エレベータに乗っていた人たちが一勢に笑ったそうだ。

ツマは、女のコが「笑われた」と思って、次はもう黙ってしまうのではないかと心配した。

次の階、同じアナウンスがある。

「ドアが、閉まりマス、閉まる扉にご注意クダサイ」

「はいッ！」

と、足下の方から、また可愛いとてもイイ「お返事」が返ってきたそうだ。

しかし、その女のコもやがて可愛い返事をしなくなるだろう。

ＴＶはクールなメディアだ

たまたまついていたそのＢＳの番組を、身を入れて見てしまったのは、四才くらいの、小さなコドモが、何かの荷物を運んでいる様子が、めちゃくちゃカワイかったからだ。

コドモの頭はボサボサで、顔も真っ黒な、まァ汚ならしいコドモだ。それがとてもカワイイ。

一年に一度だけ巡回してくる映画のオジさん、の荷物運びを自発的に手伝っているらしかった。これから始まる映画を、ものすごく楽しみにしているらしいのだった。

オジさんは、発電機や映写機や、フィルムの入った丸い缶なんかの大荷物を持って、チベットの山奥の村を巡回していくのだ。

一年に一度の、その映写会を楽しみにしているのは、コドモばかりじゃない。年寄りも大人も女も男も、みんなニコニコして集まってくる。

そうして、明るいうちにスクリーンを土の壁にペタリと貼りつけたり、映写機や発電機をセットしたり、各自が椅子を持ちよったりして、待機する。

オートバイや耕耘機に乗って遠くの方からやってくる人々もいる。

映画は、もともとは共産党の宣伝や、衛生や農業指導なんかの啓蒙モノだったが、今では中国製のカンフー映画みたいな娯楽物をかけることが多いらしい。あたりが薄暗くなって映画が始まると、大人もコドモも、食い入るように画面を見て、心の底から楽しそうだ。

映写技師の名はトトさん。この仕事に誇りを持っている。長旅で家を空けてるうち、奥さんに離縁されたり、いろいろあったが、村の人々とのふれあいが、生きがいなのだ。

映写会が終わると、次の日はもう、遠くはなれた隣村から、馬で迎えが来ている。

馬に乗せるのは発電機や映写機なんかの重い機材で、自分たちは歩いていく。名残りを惜しんで、コドモ達がいつまでもついてくる。

次の村につけば、またそこのコドモ達がまとわりついてくるし、明るいうちは、そんなコドモ達と一緒に遊んだり、山の村にはないお菓子や、着る物を、一人暮らしのお婆ちゃんに届けてあげたりもする。

雄大で美しい、チベットの大自然、走り回るコドモ達、歌って踊って楽しそうな大人達。

しかし、海抜五千メートルの山暮しには、電気もガスも水道もない。電車もバスもタクシーもない。

ところがある日、何故だか迎えがやって来ない。次の村へ重い発電機をトトさんが担いでやっと着いてみると、村中に電信柱が林立している。村に電気が通ったのだ。

電気がくれば、ＴＶも入る。ＴＶを見なれた人々に、映写会の魅力は薄まってしまったらしい。あつまったのはコドモ達ばかりなのだった。

しかも、そのコドモ達も、以前のように映画に集中できない。映写機の前に手をかざして、スクリーンに影絵を作ってみたりしだす。退屈してるのだ。

「あ〜、」と、私とツマは嘆息した。あんなに熱心に、あんなに楽しかった映写会が、電気が通った途端に色褪せてしまった。

それならこの子たちは、TVの番組に、映写会のときと同じような熱心さを持つだろうか？　一年に一度、楽しい映画を持ってきてくれた、オジさんに対して持ったような親しみや感謝や、尊敬をTVに持つのだろうか？

いや、持ちはしないのだ。

「TVはクールなメディアだからな」

と私はクールに推論した。

スピリチュアルブームに思う

最近、スピリチュアルが流行《はや》るらしい。スピリチュアルは、辞書で確かめると、精神的とか霊的とかいうのだが、流行っているのは、霊的の方だ。

以前、夜中のTVで、この霊的が座談会のような、カウンセリングのようなことをやっているのを見たことがあったが、なんだか無闇に出席者がお互いを誉めあってわかり合うのが、ちょっと妙だった。

人間は、もともと「わかり合いたい」ように脳ミソがプログラミングされているという話もあるし、わかり合うのは、けっこうなことで、なにも異論をはさむことはないのだが、なんだかキツネにつままれたような気分が残る。

しかし私はまだ、一度もキツネにつままれたことはないので、この表現は実は不適当かもしれない。だいたいキツネはどこを、なんのためにつまんだりするのだろうか?

キツネがつまむ問題は、またの機会に検討するとして、なんだかわけのわからないような気分になるのは、霊的の人々が、当然のことのように、にわかに信じられないようなことを、つぎつぎに言いだして、言いっぱなしにするところが、どうも妙なのだった。

霊的の人々は、前世に茶坊主だったり、天草四郎だったりするらしいが、そこに相談にやってくる芸能人も、たいがいが、ひとかどの人物ということになっているようだ。

私の見た時は、女優が出てきて、その女優の前世は、たしか立派な花魁《おいらん》だったと思う。おもしろいのは、たしかにその女優が花魁の扮装をしたら「似合いそう」なところだ。

つまりキャスティングか。私はキャスティングについてなら昔から、とてもうるさく言う方であって、やはり納得できる顔、というものがある。

　そういうことで言うと、霊的の一方の方が、前世で「茶坊主」だったというのは、なかなかうまいキャスティングだし、美輪明宏さんが「天草四郎」をやったら、非常に納得する。

　どのくらい納得するかというと、私は以前、日本画家の描いた「天草四郎の肖像画」というのの写真図版を見たことがあるが、そのコスチュームにはなるほどと納得したけれども、顔が全然、美輪明宏に似ていないのが大いに不満だった。くらいに美輪明宏に納得している。

　しかし、天草四郎には会ったことがないので、美輪明宏に天草四郎がソックリだったかどうか、ほんとうのところは分からない。

　私は、せっかくキャスティングが絶妙なんだから、美輪明宏は、番組でも天草四郎のカッコウをして天草四郎として、現在の宗教家についてとか、イスラム教とキリスト教の対立についてとかの意見を言ったりすればいいと思う。

　その時茶坊主は、てきとうに合槌を打つなり、お茶を運ぶなりしていればいいし、ゲストの花魁とか、お姫様とか、ヨーロッパ中世の騎士とかが、天草四郎と談論風発する、そういう番組にしてもらいたい。

それから、ゲストのキャスティングについても、武士とか貴族とかの「体裁のいい前世」ばかりじゃなく、戦国時代の雑兵とか、縄文時代のホームレスとか、室町時代のしじみ売りとか、もっといろんな人々に出てもらうようにしてもらいたい。

最後にことわっておくが、私の前世は、鎌倉初期の彫刻家・運慶である。か、あるいはそのソックリさんだ。何故なら私は運慶にソックリだからだ。

ケンカに弱い考えかた

私はいままでケンカで人をぶったことがなくて（正直にいうと中学一年生のころ、ケンカになって相手を机にねじ伏せ、グーでぶちそうになったことはある）が、パンチを入れようとしたところで私はひるんで、最後は結局、相手の顔をグーでそっと押すような形になって、その子に笑われてしまった。

あ、いま思い出したが、小学校の六年生くらいの時に、クラスメートの女の子の弟（二年下）がナマイキな目でこっちを見たので、「のやろう……」と思ってちょっとおどかしてやれ、と思い、

「なんだそのツラは」

といってグッと近づいた途端、逆手に捩り上げられちゃって、てててててってもん

のすごくカッコワルイことになっちゃったことがある。

私は、全然ケンカのセンスがないのだ。けれどもケンカの強そうなヤツがえばってて、みんながそのいいなりにならなきゃいけないっていう状態がダメだ。たしかに、ケンカが強くて、どうかして実力を行使したいと思ってる人間がそこにいるとしたら、なるべく刺激しないで、場合によったらちょっとご機嫌もとって、あばれないようにしておく、というのが賢いやりかただとは思うんだけど、そうしてる間がものすごくイヤだ。

それで、ついつい「なんでみんな、コイツに遠慮してんだ」みたいなことを言いたくなってしまう。

ケンカが弱いくせにそうなのだ。どういうことなんだろう？　本当の自分は、ケンカも強いし、正義の味方だと思いたいのだろうか？

それとも、本当にケンカが強くなってエバリたいのだろうか？　まァ、けっきょくのところケンカが強くなったことは、これまでただの一度もないんだから、本当のところはわからない。

ところで、世の中の人の大部分は私のように、実力行使をしない人であると思う。つまりケンカの弱い人々だ。

それから、学校の先生や、マスコミの人や、世の中の常識をリードしているような人々も、たいがいケンカの弱い人々が大部分なのではあるまいか？

こんなことを言い出したのは世の中の常識が、いま、ケンカの弱い人の理屈になっていはしまいかと思うからだ。

私はコドモの頃から、ケンカの強い人は、強きを挫き、弱きを助ける、そういう人が本当なのだとマンガや映画でおそわったのである。

ケンカが強いと思っていい気になっているようなヤツは、いつか、もっと強い人にこらしめられるのだ、という風に習った。

これはとてもいい教育であったと私は思う。

「そんなことといったって、現実はそうじゃない」

という人がいると思う。たくさんいると思う。それは、ケンカの弱い人の意見なのである。ケンカの弱い人は、しばしば賢い人が多いので、そのように言うことが賢いことのようになってしまったが違う。

どんなにバカっぽくても、昔の少年漫画や、剣術映画のように、カッコイイのは、気はやさしくて力持ち、強きを挫き弱きを助ける、ケンカが強くてもエバラない、これが本当のカッコイイ人だ。というのを周知徹底しないといけない。と私は思う。

ケンカに弱いと「ケンカに弱くてどこが悪い」という風にゴーゼンとできない。それで、考えがひねくれてしまうのだ。そんなことを、自衛隊と大相撲のカワイガリ問題について考えていて思ったのだった。

複製美術館の楽しみかた

四国の徳島に「大塚国際美術館」という美術館がある。

この美術館には世界の名画のとびきりばっかりが、ズラズラズラズラ——っと飾ってあるのだが、それらはすべて複製である。

陶板に特殊な印刷をしてあるというのだが、果してそういうものを人が見に行くだろうか？　と危ぶむ人もあろう。

実は私も正直そのように危惧していたのである。しかし、片方で是非行ってみたい、とも思っていた。

大塚国際美術館の名画は、すべて印刷した複製ではあるけれども、そのすべての複製が厳密にピタリと現物どおりの寸法につくられている、ということに興味があったのだ。

たとえばシスティナ礼拝堂のミケランジェロの天井壁画、これが原寸大で再現されている。礼拝堂でもなんでもない、単なる美術館のビルの中に、丸々、原寸大の空間をつくり出して、そこに実寸のミケランジェロの絵が貼りつけてある。というわけだ。

でかいといえば、ダビッドのナポレオンの戴冠式の絵も、実にばかでかい、ばかげたシロモノだけれども、無論、実寸で再現されている。

ともかく、有名な絵という絵は、全部取りそろえた、という感じだ。もちろん「モナ・リザ」はあるし、ボッティチェリの「ビーナスの誕生」マネの「笛を吹く少年」ベラスケスの「ラス・メニーナス」レンブラントの「夜警」ミレーの「落穂拾い」もゴッホの「ヒマワリ」もフェルメールの「牛乳を注ぐ女」もゴヤの「裸のマハ」も「着衣のマハ」もアングルの「泉」もムンクの「叫び」もピカソの「ゲルニカ」もウォーホルの「モンロー」も、もう、全部‼ ある。

ところが、そのこと自体には、そんなには驚かないのだ。もともと知っているわけだし。そのオールスターぶりというのも、これはどこかで経験したなァ、と思って「アッ」と気がついた。「西洋美術史」とか「西洋絵画史」とかっていう、入門書みたいな参考書、あれあのまんまだ。あれだとなると、どんなに有名な絵がゾロゾロ次々に出てきても、全然驚かなくなる。

原寸大のおもしろさ、というのも慣れると存外当り前になってしまって、ふつうに本物の絵を見てるのと違わない。なんだか全然なんでもないのだった。

それより、私がもっと楽しみにしていたのは、レオナルドの「最後の晩餐」が、近年修復されたのだったが、この修復されたものの実物大複製と、修復前の実物大複製の両方を、一挙に見ることができるという展示だった。

本物の「最後の晩餐」は、修復されてしまったのだから、修復前の絵はもはや、この世にはないのである。

それを実物大で見比べるのはここでしかできないことである。

さて、実際にそれをやってみて、実は思っていた以上に私は驚いてしまった。

見比べると、修復された「最後の晩餐」が、無惨なくらいに「改悪」されてしまっていたのだ。修復っていうのは、こんなものなんだろうか？

これは修復なった時に、問題にされなかったのだろうか？　修復した人には悪いけど、これは、ものすごくマズイんじゃないの？　と私は激しく思った。

人物の表情や、立体感が、あきらかに修復後にヘタクソになっているのだ!!　このまんまでほんとにいいのかな、それともここにあるのは、まだ修復の途中なのかな。それがものすごくある意味面白かった。

好きこそものは気持ちいい

コドモの頃から、相撲が好きで今も場所が始まれば、たいがいTV中継をつけっぱなしにしている。

かといっていわゆる「ムヤミに相撲に詳しい」とか「めちゃくちゃうるさい」といえるほどに趣味が深いわけじゃない。

相撲の技に異常に詳しいとか、相撲の歴史や、相撲協会の裏事情に地獄耳だとかいうわけでもなく、単に、ふつうよりもちょっと相撲好きというように過ぎない。

このことを、自分では少し物足りなく感じている、というか、自分の集中力や向上心、根気や探究心の薄弱さが情けない。

だから、世間ではヤユしたりネガティブに見られることの多いオタクといわれるような人々を、私はリスペクトしている。

何もわざわざ「オタク」と呼ばずともつまり、「趣味」というものの力を大いに尊敬しているということだ。

先日、清水義範さんから「坂本龍馬は船オタクだった」という龍馬論『龍馬の船』をおくっていただいた。一気に読んだ。大いに我意《わが》を得たのである。

坂本龍馬がなした偉業の数々は、つまり彼が船オタクであって、自分の船を持ちたいという強い願望を持ち続けていたからこそだった。という仮説を様々に証明してみせた小説だ。

この龍馬像は、司馬遼太郎が『竜馬がゆく』でつくりあげた龍馬像に、更に踏み込んだといえるもので、私は清水義範氏だけでなく、ここに司馬遼太郎その人にも、オタク的な匂いを嗅ぎ取っている。

先日、友人の間でも、名実ともにオタクの烙印を押されている人物と語らう機会があったのだが「オタク自身の語るオタク力」というテーマの長広舌が、実におもしろかった。

「それはキミ」と私は言った。本に書いたほうがいい。

なぜ、ヨーロッパやアメリカにまで、日本のアニメーションのファンが生まれ、自らをOTAKUと称するまでになったのか？

どれだけのオタクな人々が、世界の一線に躍り出ているか、オタクが作り出すウソのような冗談のようなエピソード、などなどだが、それを紹介することはここではしない。

彼の話を聞いていた我々が、いかに話に引き込まれていたかどれほど熱心に聴いてしまったか、ということが肝心なのだ。

つまり、我々はオタク的な情熱、オタク的執着力、オタク的ディテールといったものに、根源的に魅かれるのだ、ということを私は言いたい。

オタクがヤユされるのは、主にその異常なまでの熱心さと、常人には無意味にしか思えないことへの執着にあるけれども、それはそのまま裏返しの憧憬につながっているのだ。

オタクの力というのは、一言でいうと「採算度外視」であると彼は言った。これは、つまり言葉を換えれば社会性の欠如ということだろう。オタクの原動力というのは快感原則だったとも言える。

オタクがなんとなし胡乱《うろん》に思われるのは、この快感を我々が共有できないことによる。

知識を獲得する。知識を蓄えるといったことが、性欲と関係しているといえば、何を言い出したかと思われるかもしれない。しかし知識と快感がセットになっているのを否定する人はいまい。

知識欲とは快感とつながった欲望である。そのつながりがアヤフヤになっている「社会性のある人」と違ってオタクの人は、知識と欲望と快感が、ハダカのままにつながっている人々なのだと私は思う。

現代日本語の問題点

ＴＶを見ていたら、居酒屋チェーンの日本人従業員が、質問に答えて、こんな風に日本語で答えていた。

「網のほうに置かしていただいて焼かしていただいてます」

質問は、最近コチラではヤキトリの串を抜いているって聞いたんですけど、じゃあどうやって（ヤキトリ）焼いているんですか？　という質問である。

その日本人（と思われる）従業員の方は、お客さんに対して失礼があってはいけない、と思って、ちょっとテイネイに答えたんだと思う。

しかし、どうだろう？

「ハイ、網で焼いております」

といったら、ダレかに失礼に当たるだろうか？

全然失礼でない、と私は思う。

網のほう、というのは「網」と呼びつけにしては焼き網に失礼にあたるということなのだろうか？

「置かしていただいて」

というのは、やっぱり焼き網様に失礼のないように、ただ置いてとかそれさえも略して「網で」焼いているというのじゃ、あんまりだということだろうか？

ヤキトリの肉片を焼くについては、死んだトリとか、ブタなどの内臓に対して、感謝の気持を表わす意味合いで、焼かしていただいているのであろうか？

というような意味合いのことを、私がＴＶを見ながらぼやいていると、ツマが聞きつけて、

「あたしはねー、デパートでネギ買った時、あの、こちらおネギのほう、お曲げさしていただいてよろしかったでしょうか？　って聞かれたよ」

で、なんて答えたの。

「なんてって、そりゃ口ではハイっていうよ。(おれは知らねえよネギに聞いてくれ)って、思ったまんまいったら、いまシンちゃんが字にかけないような人に思われちゃうじゃない」

というのだった。なるほど、ツマのいい分はわかる。

「オマゲサシテイタダイテヨロシカッタデショウカ?」ってさあ、なんで「曲げてもいいですか? ネギ」っていえねんだよ、というわけだ。

ネギの立場に立ちすぎだろ、それからなんで許可だけコッチに求めるの?

「どうもさあ」

と私はいった。現代日本人は、とりあえず、モンダイおこんないように、へりくだっとこう、ともかくへりくだりさえしときゃいいだろう、と思ってるな。

「いや、そんなことではないと思う」とツマがいった。

そういう消極的なものではないという。もっとアグレッシブに「へりくだらせていただきます‼」という強力なへりくだりだというのだった。

いやいや、と私はいった。そこまでへりくだったんなら、さっきの件は

「お網様のほうに置かせていただいて、焼かさしていただいております」

くらいいってほしい。

「そうそう」とツマは賛成した。

　ネギ曲げていいかの場合も
「おネギ様お曲げしてもおよろしかったでしょうか」

くらい言っとけってんだと言った。

「そうだバカヤロウ、フザケンナっつってんだいべラボウめコノヤロウまごまごしやがるとブワァーッとへリクダラサセテもらっちゃうぞ、てめェコノヤロー」

「なーにが、オマゲシテオヨロシカッタかだってんだい、どんどんオマゲしろい、くるしゅうないぞ、キツクお曲げ！」

と、われわれは無意味に気勢をあげた。頼むから、そんなに無闇にへりくだらないでください。

水道水をなぜ飲まない

テレビを見て知ったのだが、今、日本国民の大部分が、水道水をそのまま飲むのを恥ずかしいと思ってるらしい。おどろくべきことだ、由々しきことだと私は思う。

「外国では飲み水をわざわざ買っているらしい」と昔聞いた時は、よほど外国の水はまずいのだろうと思ったが、こんなに日本国民が水をわざわざ買って飲むようなことになるとは、想像だにしなかった。

昔にくらべて、たとえば東京の水はまずくなっただろうか？

そんなことはあるまい、と思っていたが、子供のころ私が飲んでいたのは井戸の水で、手押しポンプで水を汲んで、大きなバケツに貯めたのを、ひしゃくですくって飲んでいたのだった。

我が家には、水道もガスもついていなくて、飯は薪で、煮物や汁は、七輪で木炭や練炭、たどんや豆炭で調理していた。

だから当時は、蛇口をひねると水の出る水道のほうが「すすんでいてうらやましい」と思っていたものだ。

自宅は井戸水だったが、学校では水飲み場で水道水を飲んでいて、格別、井戸水にくらべて水道水がまずい、と感じてはいなかった。

もっとも、千葉生まれのツマにいわせると、はじめて来た東京の水があまりにまずいのにはびっくりしたらしい。

水道の水には、殺菌のためにカルキなどが入っているわけだからはじめて飲めば、まずくもあるだろう。

取水する水が汚れていた時期は、カルキの量も多かったろうが、近頃はそんなにひどいこともないだろう。

といいながら気がついたのは、自宅の水道にも、事務所の水道にもいまは浄水器がついていたことだ。しかし、洗面所や風呂場の蛇口は水道水がそのまま出ているので、私はそっちの水もぐんぐん飲んでいる。

近頃は夜寝る前に、これを飲めといって、特別にマグカップに入った水を洗面所においてあるのを、不思議に思っていたが、あれは浄水器を通した水をさらに沸騰させて湯ざましにしてくれていたのだった。

私が、あんまりミネラルウォーターを買うのを「バカらしい」というものだから、ツマは専用の水筒に、前出の湯ざましを入れてくれる。

これなら、容器のゴミも出ないし、ギンギンに冷えたミネラルウォーターより、やさしい口あたりだ。

いや、こんなことを書きたかったわけじゃなく、私がこの文を書こうと思ったそもそもは、日本国民は、なんだか知らないうちに、ダマされているゾ、ということなのだ。

なんでもかんでも、安く安くといってるくせに、なぜ、あれっぱかりの、単なる水に、100円だの110円だの130円だのの金を払うのか？

大体いくらもしていないハズなのに、そうやって少しずつ、値段が違うのも気に入らない。大きい容器に入ってる水も、小さい容器のも値段が同じなのも大いに納得できない。

そもそも水が悪いハズの外国から、わざわざ輸入までしているのもおかしな話だし、もし、あの容器に水道水を入れかえられて、そのまま飲まされたって、それとわかる人が、日本人の一体何人に一人いるだろうか？

と、こういうことを、いいたかったのである。

マリファナについて

昔は、マリファナ、マリファナといってたと思うんだけど、最近は「大麻草」といいますね。なぜマリファナっていわなくなったんだろう？

まァ、以前と言い方が変わるなんて、それだけの話だけど、マリファナくらいのことで、近頃はずいぶん騒ぎすぎだと思う。

中村雅俊は息子がマリファナをやって捕まったので、泣いて世間に詫びて、息子は役者だったらしいけれども、役者をやめさせるそうだ。

マリファナをやめればいいので、別に役者をやめなくてもいいと思うが、大体がマリファナだって、別にやめることはないじゃないか。

まァ、マリファナをやれば、警察に捕まるわけだから、捕まりたくなかったら、マリファナをやめるか、捕まらないように工夫するかだけれども、なんだってマリファナを、日本はこんなに禁止するんだろう。

大麻取締法という法律があるので、法律を守らない者は捕まえるのであろうが、なぜそんな法律があるのかといったら、マリファナを、吸うと、ついつい、もっと効くものをしたくなって、覚醒剤とか阿片とかを吸いたくなるからだ、というふうに説明されている。

昔、音楽評論家の福田一郎さんに飲んでいる時に聞いた話だが、麻の葉っぱなんてものは、進駐軍がくるまでは、日本中に生えていた。

いくらでも吸おうと思えば吸えたし、吸った人もあったかもしれないが、別に麻の葉をケムにして吸うのを、日本では禁止なんかしていなかった。

あれは進駐軍の都合でつくった法律だよ、というのだった。憲法九条はアメリカにおしつけられたもので、ちゃんと自分達で決めたものに変えなきゃイカンと言う人達は、大麻取締法も、もう一度、自分達で決め直さないといけないだろう。

相撲取りのマリファナも、よほどいけないもののように、まずロシア人が三人もやめさせられて、そのあと日本人も一人やめさせられたのである。

私は、ロシア人の相撲取りがマリファナをしている、といって世間が問題にしていた時は、ロシア人の相撲は気の荒いのが多いみたいだから、マリファナを吸うくらいでちょうどいい、と言っていたのである。

覚醒剤をやるのはいけない。危ないから、と私は思う。覚醒剤に手をつけるようになったらただちに捕まえればいい。

私がこんなふうに覚醒剤に対して冷たいのは、コドモの頃に「恐ろしいヒロポンの害」という映画を見たからだ。

今、その映画を見て、同じように怖がるかどうかはわからないけれども、コドモの頃に見たあの映画は、ほんとに怖かった。

いまのコドモは、学校であああいう映画を見せられているのだろうか。ひと頃、「覚醒剤やめますか？　人間やめますか？」って間ぬけなコピーのCFをやっていたけれども、もう覚醒剤やってしまってる人間にそんなぬるいこと言ったって効果はない。

「恐ろしい覚醒剤の害」は、コドモの頃に「地獄図絵」を見せるように見せておくのがいいのだ。というのが私の持論である。

なにかを禁止するというのは、ほんとうにやめさせたいのだったらいちばん下手くそなやり方で、やめろやめろといえば、若者はかえってしたくなるのだ。

私はもう六十一才だが、まだ一度だって覚醒剤をやっていない。

男と女のはなし

うちの前の大通りの歩道、歩いてたら、スーパーマーケットから、おじさんが二人、とっても「親密な」様子で出てきた。別にそれはいいんだけど、あまりにも「親密」な様子だ。

つまり「アベック」みたいに「親密」。それだってまァ、別にいいので、それはホモセクシャルの仲のいい恋人同士ということでしょう。

愛にもいろんなカタチがある。普通の男女の愛ばかりでなく、年の差愛、少年愛、隣人愛、人類愛、ペット愛とかいろいろ。

あんまりじろじろ見てたら悪いから、見ないフリして、すれ違いざまちょっとチェックした。

するとその人たちは、おじさんと、おじさんに見えるおばさんのカップルで、つまり単にふつうのアベックなのだった。

私は若い頃、長髪（いまでいうロン毛）にしていて、よく、その頃のおじさんに文句をつけられたものだ。つまりおじさんが私を後ろから見ていて、女の子だとばっかり思ってたのに、追い越したら男だったので「なんだ、男か」とガッカリしたらしい。

そんなもん、髪の毛だけで判断するからだろ、よく見てたら、男か女かなんて、間違うわけねえじゃんバカ、と、そのころ私は思っていたのである。

だが、自分の年がいったせいか、それとも近頃は昔と違ってるのか、さだかではないが、男か女かさだかでない人たちが頻発するようになった。

はるな愛という、レディボーイとかニューハーフとかいう（昔はシスターボーイといった）タレントさんを初めて見た時は、ふつうの女の子だと思った。

昔の、そういう人は、たいがい間違うということはなかったけれども、いまはほんとに、かなりわかりにくくなった気がする。ＴＶに出てきて、そういう特質を入念に工夫している人ならともかく、ごくふつうの一般ピープルにも性別不明の人がふえてきたのだ。

これは、若い頃の私を女のコと思ったおじさんと同じで、程度の差こそあれ、二、三の記号だけで、それらを判断しているからだろう。

服や、バッグや靴、髪型で大体わかるから大体で判断する。まァ、実際大体でいいわけだし、いちいち判断したり、確認したりする必要もほんとはない。

ないけれども、すっかりゲイカップルかと思ってたのが単なる夫婦でした、ということになると、ちょっとビックリする。

でも、そのくらいのことで「原稿まで書いてしまう」、しかも、原稿料までもらうつもり、というのはいかがなものだろうか？　と思う人があったら、それは気にしないでいただきたい。

どういうわけか、年をとるとおばあさん化するおじいさんと、おじいさん化するおばあさんが、ふえるのも不思議だ。紙幅があったらこれをまた原稿にして、原稿料ももらいたいところだ。

おじいさんとおばあさんおじいさん

編集長から前回のつづきを書くように言われたが、本当にいいのかな？　と私はちょっとギモンを感じている。が、まあいいか。

どういうわけか、年をとるとおじいさんはおばあさん化して、おばあさんがおじいさん化する傾向がある。

昔々、おじいさんとおばあさんがあって、子供がいない。川に洗濯にいったおばあさんが川上から流れてきた大きな桃をひろってくるという話があるけれども、あのおばあさんは絵本などをみるかぎり、まだおじいさん化していない様子だ。

が、現実には、たいがいのおばあさんはおじいさんっぽいし、たいがいのおじいさんはおばあさんぽい場合が多いのだ。したがって前述の昔話は以下のようにしたほうが、より現実にフィットすると思うがどうか。

昔々、ある所におじいさんぽいおばあさんと、おばあさんぽいおじいさんがおりました。ある日のことおじいさんぽいおばあさんは川へ洗濯に、おばあさんぽいおじいさんは山へ柴刈りに出かけました……。

すこし複雑すぎるかもしれない。

昔、私がイタリアのサルデニア島へ出かけた折のことである。石畳の坂道を歩いていくと、開いた戸口に、黒いワンピースを着たおばあさんが日向ぼっこをしていた。

なにげなく、私がそちらを向いた時に、おばあさんと目が合ったので、ちょっと目顔であいさつをすると、おばあさんも目顔であいさつを返してきた。

そのまま私は石畳の坂道を上がっていったのであるが、内心はちょっとギョッとしていたのである。なぜかといって、おばあさんは長い髪をまとめたような髪型も、もう何日も着たきりのような黒い服も、エプロンも、顔ものごしも、すっかりおばあさんだったけれども、鼻の下に実に立派なひげが生えていたからである。

剃らずにいたら、ちょっと生えすぎてしまった、という程度ではなく、ハッキリと「たくわえてある」という偉容だった。あれはおじいさんが女装していたのだろうか。それともサルデニア島では、おばあさんはひげをたくわえるのか？

西洋医学の父・ヒポクラテスは「男が女になる病気」があると書き残しているらしいが、サルデニア島のひげのあるおばあさんは、ごく自然にひげの生えたおばあさんだったのではないかと私は考えている。

昔、私がコドモだったころ、ラジオから「ぱぴぷぺぱぴぷぺぱぴぷぺぽ　うちの女房にゃひげがある」という、すこぶるバカバカしい歌が流れてきたことがあったが、あれは「恐妻家」を歌ったものであるらしいので、本稿とはあまり関係のないことといえる。

おじいさんがおばあさん化し、おばあさんがおじいさん化する不思議について論じる予定だったが、もう紙幅が尽きた。大変無責任のような気もするが、今回はこれまでである。気を悪くしないように。

紙がめくれない

「歳をとると、旧友と会うたびに体の愚痴をいい合う。腰が痛い、肩が痛い、目がかすむ、紙がめくれない」

と、赤瀬川さんが近著で書いていて、紙がめくれないのところで思わず笑ってしまった。私もまさに「紙がめくれない」おじいさんになっているからだ。

笑ったのは「自分だけじゃない」のが嬉しかったのだろう。年寄りは水分が少なくなるので指先が乾くらしい。

たしかに紙がめくれないのだ。腰が痛いのや肩が痛いのにくらべると、ずいぶん軽微な不都合なのが「笑える」のかもしれないが、当事者的には、まじ困る場合もある。

先日、頻繁に紙をめくらされる仕事をした。さるデザインコンペで審査をしたのだが、手許にあるリストの番号と作品の番号を、照合するのに、バインダーの紙がなかなかめくれないのだ。

しかたがないから、ペロッと舌の水分を指先につけるのだが、我ながらその仕種が、「因業な金貸しが夜中にお札を数えている」ようでおもわしくない。

若いころ、年寄りが紙をめくるたびにペロリと指先をなめるのを「どうしてそんなことをする」と非難がましく見ていた覚えがある。今なら「それは紙がめくれないからだ」とわかる。その時まわりにいたのはそれを理解できない年頃の人々だったから、ついついそちら側から自分を見てしまうのだ。

しかも、ひとなめで少なくとも四、五頁はめくりたいところなのに、その都度なめないといけないくらいめくれない。あれは進退きわまったとツマに言うと、

「あ、アタシもね、最近レジ袋の口あけるのに指先の湿り気が足りない」

ツマは私より十歳下だ。少し早くないか？　と言うと、まァ、そうだが、アタシはペロまではやらない。

「え？　じゃあどうするんだよ」

「あのね、ちょっと落ち着いて、コワイことを考える」

ツマは恐がりで、TVでちょっとキケンな映像を見るだけで、手にじわっと発汗してしまう体質である。

「タイの暁の寺院がテキメンに効く‼」

ちょっと思い出すだけで、じわりとくるらしい。あれはすごくコワかったので、即効でじわっとくるそうだ。

じわっときた途端に指先でチリチリってすればなんなく袋の口は開く。

たしかにタイの暁の寺院は私にとってもやばかった。高所恐怖はないほうだけど、あのステップはめちゃくちゃ狭い、しかもすりへって、踏み外しやすくつくられてある。後先考えずに登ってしまってから、降りる段で途方にくれた。どうやってここから動けるんだろう。と、いま克明にあの時を思い出してみたが汗が出てこない。

これではめくるべき紙の前で、私は徒《いたず》らに過去のコワイ思いに耽ける奇怪なろうじんになってしまう。

ちりんちりんて

うしろで「ちりんちりん」と鳴った。

「ああ、自転車がいるんだな」

と、それはわかるけれども、私は聞こえないふりをしたのである。

私が歩いているのは歩道で、しかも幅1メートルたらずだ。左手は公園の生垣で
右手はガードレール、そのむこうの車道にはほとんど車が走っていない。

「車道走ればいいじゃん」

と思うので、わざわざ人の歩いている歩道に入ってきて、物もいわずに、

「ちりんちりん」

つってもなあ。ということだ。すると自転車は、おい聞こえてないのか⁉　とい

わんばかりに、物もいわずに、

「ちりんちりんちりんちりん‼」

といった。

私は振りかえって、その自転車に乗っているオヤジに、車道を走れ‼ といってやろうとすると、自転車に乗っていたのはおばさんなのだった。で、

「車道走ったらいいじゃないすかあ‼」

といった。するとおばさんは、

「だって！ 公園に入りたいんですっ‼」

というのだった。

公園に入るのだったら、ちょっと後にもどったら入口があるけれども、まァいつも通っているその歩道の方から入りたかったのだろう。

すごい剣幕でにらみつけてるので、根まけして生垣にへばりついて道をあけると、おばさんは、とうぜんのように通り抜けて3メートル先を左に曲がって公園に入っていった。さっき私が3メートル歩くのを待ってれば道はあいたのだ。おそるべき

ことじゃないか‼と私は思う。

「いいや！　おらヤダ‼」

といってどうして私は、歩道に仁王立ちになって、自転車の暴虐を阻止しなかったのか⁉　そうやって泣き寝入りしてしまうから、われわれ歩行者は自転車の横暴を許してしまうのである‼

一人立つ‼　という気概を持ってだ、そこに一人立てば、道はいっぱいで通れなくなるから、やむなく自転車は車道を行くことになったはずである。

人道を守る！　とはそういうことだ。一人一人がそうした抵抗の姿勢を示すことこそが、即ち人道を守る、人道主義というものではなかろうか？

私がもし、あの時点で

「うんにゃあ！　おらヤダ‼」

といって、拳を握り肘をつっぱり、脚を思いっきりガニ股にして、あくまで自転車による人道侵犯を防ぎ、人の道を貫き通していたなら。

と、かえすがえすも、残念なことである！

私は、ここに言明する。すべての自転車に乗る人々よ、自転車から降りれば、
あなたも我々と同じ歩行者だ。
歩行者として前を行く者に道をあけてほしいのなら、口でそういえ。
口でそういわれたら、よろこんで横へ退きます！
だから少なくとも「ちりん、ちりん」て口でいってください。

天使の名前

久しぶりに会う人とは、たいがいあの大地震の日の話になる。今思えば、東京はほとんど「なにもなかった」くらいなことになってしまったが、あの時にはとうとう関東大震災が来たか、という揺れだった。

桑原さんは、もと『現代詩手帖』の編集長。その後編集プロダクションをつくられて、時々仕事のつきあいもある古くからの呑み友達だ。

先日ずいぶん久しぶりに会ったので、あの時の話になった。私はあの日、六本木ヒルズの二十三階にいて、まるで汽船に乗っていたようだったこと、あのビルでは災害時のマニュアルがあるらしく、ずいぶん手回しよく、乾パンは出るわ飲料水は出るわ毛布は出るわで一気に被災者気分だったことなど話した。もと編集長はその日、事務所でアシスタントの女の子と二人きりだったらしい。

即座に机の下にもぐり込んだが、ずいぶん揺れが強いし、しかもなかなかやまない。せまいところに女の子と二人きりで、わるくない気分だくらいに思っていると、女の子が何かモゴモゴ呪文を唱えている。

「何いってるの？」と聞くと、これはね、天使の名前です。唱えてると落ち着くんです。一緒に唱えますか？　というので教えてもらった。

「ラファエル、ミカエル、ラファァエル、ミカエル……」

たしかに、なんだか気分が落ち着くんだ。

「ラファエル、ミカエル、ラファエル、ミカエル」と私も言ってみた。

なんか、深呼吸効果みたいなもんですかね。息を吐くってのは副交感神経の受け持ちだって話だから。

「それでさ、あのあと、何回も余震があったじゃない。机にもぐり込んじゃラファエル、ミカエル、言ってたんだけど、何回目かにさ、その時はひとりでいて、えーと、まてよ、なんだっけ、天使の名前……」

わすれちゃった。えーとまてよ、えーとまてよ、って揺れながらずっと唱えてた。ってんで、あははと笑った。われわれの年齢だと定番の話題だ。

ウチへ帰ってきて、以上の話を順に話していくと、途中でツマが突然、

「クワバラ、クワバラ‼」

と、クイズの答を言うみたいに叫んだ。間がよかったから大笑い。

ところがツマは、

「え？ なによ……」と、ケゲンな顔である。

「そういうオチじゃなかったの？」

あはは、オチは考えてなかった。しかしたしかにガイジンの天使に頼まずとも、当人がクワバラなんだから、クワバラだろう、クワバラ、クワバラだろう。

クワバラは、本来、雷よけのまじないだけれども、その他の忌むべき事を避けるときにも使われるので、用法としてもまちがってはいない。

今度クワバラさんに久しぶりに会うときには、話のオチをつけ加えるよう提言するつもりだ。

アツァラの事情

ひょんなことからブータン王国へ行ってきた。どうひょんなことかにふれていると、それだけで紙幅が尽きてしまうからふれない。今回は、とてもびっくり感心してしまったことがあるので、いきなりその話。

ブータンでは、僧侶の踊る仮面舞踏「チャム」が有名で、ぜひ見たいと思っていた。ラッキーなことに、初日にちょうど、少年僧侶たちによる祭りがあってバッチリ見ることができた。

写真などで見知っていた奇怪な仮面や、その豪華な衣装の美しい色彩、そしておそろしいくらいに深く濃い青空をバックに、その原色が映える様子など、まさに期待通りで、大いに満足をしたのだったが、私がびっくり感心してしまったのは、踊りの合間や、最中に出てくる、アツァラという道化の、あまりなユニークさにだった。

アツァラはまっ赤な顔で大きな鼻を持ち、終始ニタラニタラと笑っている。仮面だから顔がずっと笑っているのは当たり前だが、そのしぐさ、体の動きが、どうにも世の中をなめきった、ろうぜきぶりで、演《だ》し物が行なわれている舞台へズカズカ入ってきては、進行をメチャメチャにしかねないあぶない存在である。

手のつけられない悪童や、酔っぱらいを思わせる傍若無人ぶりで、踊っている女の子などは、あからさまに迷惑顔をしている。しかし、ただの酔っぱらいと違うところは芸達者らしく、時々、演者にあわせて踊ってみせたりする様子が身のこなしも練れていて、とても上手だ。

だが、その悪ふざけぶりは、徹底的であって、笑わせてるというよりも、ただただ目にあまるお下劣さなのである。

少女たちが優雅に踊っている至近距離まで近づいてからかうような仕種《しぐさ》をする、いやらしい腰つきをしてみせる、ふてぶてしく歩きまわり、人をバカにしたように手を口にもっていって笑っている。ホントにやりたい放題。

この、秩序を乱す存在を、予め祭りのプログラムに組み込んで、役割を与えている、というところが実にフトコロの深い文化ではないか、ブータンやるなァ、と私はほとほと感心した。

これにくらべると、サーカスの道化も、大相撲のしょっきりなども、まだまだ紳士的だ。私はすっかりこの無法なアツァラのファンになってしまった。

僧院の中庭を出て行こうとすると、演技の終わったアツァラが、私のほうをまともに見ている。と、突然私に手をさしのべてきた。反射的に私が握手をすると、アツァラはぎょっとしたように手をひっこめた。

あれは「金をくれ」ってことだったのかもしれない。

私はひとつの仮説をたてた。アツァラというのは役者じゃなくて、ほんとうにほんものの鼻つまみ者だったのじゃないか？　お面をかぶりさえすればアツァラと認めてあげると、そういうカラクリだったのじゃないか？　としたらますますブータンすごすぎだ。

ヘキサメチレンテトラミンのおぼえかた

ホルムアルデヒドは、いま世間では「毒」のように思われているけれども、毒ならば一切つかわれなくなるかというとそうでもない。たとえば、一酸化炭素というのは、人間にとって毒だけれども、これを一切ないものにしてしまうなんてことはできない。

シックハウス症候群といって、新建材などから、このホルムアルデヒドが出ると、くしゃみ、せき、よだれ、なみだ、といろいろ出る症状を誘発する。それで、ホルムアルデヒドは、どうもヒドイ物質であるということになった。

だが、ホルムアルデヒドと名前のついた時点で、こいつにはどうもヒドい部分がアルデと予めわかっていたというわけではない。

ところで、ちょっと前に関東の浄水場でこのホルムアルデヒドが、高濃度に検出されたので、断水になったりで大騒ぎだった。

しばらくすると、これはどこかのワルモノが、ホルムアルデヒドを大量に川にまいたのではなく、浄水場で使う塩素と、なんらかの物質が化学反応したことが原因であるらしい。とニュースで言っていた。その「なんらか」の物質の名前が、私に言わせると「ふざけてんじゃないか？」と思うくらいに言いにくい。

「ヘキサメチレンテトラミン」というのだが。

いっぺんでおぼえられた人がいたら、その人はてんさいだ、と私は思う。

私はてんさいではないので、この名前をすらすら言えるように「れんしゅう」しようと思ったのである。めんどくさい名前を覚えようとする場合に、どうしたらいいか？　というと、分解して覚えられる単位に分けるといい、というのがわが家では経験的に知られている。

過去にも、朝青龍の本名、ドルゴルスレン・ダグワドルジとか、アフリカの大統領、ヌタリャミリャとハビャリマヌを覚えたし、イランの映画監督アッバース・キアロスタミも覚えたのである。

ヘキサとメチレンとテトラミンの三枚におろすくらいで大丈夫だろう、とおたがいに口の中で何度かムニャムニャれんしゅうをしてから、すぐに会話で実践してみた。

「あの、浄水場でホルムアルデヒドが出たとかってニュースでさ……」

「ああ、ヘキサメチレンテトラミンね」

「そうそう、そのヘキサメチレンテトラミンだけどさ、なんかけっこういろんな用途につかってるらしいんだよ」

「え？　ヘキサメチレンテトラミンを、何につかうって？」

「食品添加物とか爆薬とか固形燃料とかさ、膀胱炎の薬とかにもつかうらしい」

「そんな役に立つヘキサメチレンテトラミンをなんでドブに捨てるような……」

「いや、ヘキサメチレンテトラミンを産廃業者が捨てたのはドブじゃなくて川なんだけどね」

覚えにくいコトバは必要以上にくりかえし使用すると案外覚えられる。

じじさまランチ

「お子様ランチってのがあるんだからさァ、じじさまランチとかばばさまランチってのがあってもいいと思うのよ」

「あったっていいけどさ、なんで？」

「だって、量が多いじゃない」

それはいえる、トシのせいだ。インド料理屋とか行くと、いろいろいろいろ食べたいのに、すぐお腹いっぱいになっちゃう。

「お腹がいっぱいになると悲しくなる」

といったのは、ツマ文子と畏友・鏡明である。

エー？　悲しくなる？　お腹いっぱいなら、幸せじゃんふつう。というと、

「わかってないなー‼」

と二人でバカにした。お腹いっぱいになって「もう食べられない」と思うと悲しい、というのである。当時の鏡明の大食いは見事だった。まず発注の段階で驚かされる。冗談みたいにゾクゾクと注文する。

「懐石料理⁉　あのふざけた盛り付けはなんだ⁉　俺はお毒見役じゃないゾ、ちゃんとアタリマエに皿に盛れ‼」

という意見の持ち主だった。ちゃんと、というのは大盛りのことである。しかしさしもの鏡明も、いまはどうだろう？

その早食いと大食いで名をとどろかせた藤森照信も、近頃はふつうに食の進むタイプくらいに落ちついている。

「つまり、じじさまランチってのは、ちょっと少なめの盛りになってるわけだ」

「そう、でもって、そこにさ、お子様ランチに日の丸がついてるみたいな、そういう一工夫がほしいわね」

「寿って書いてあるセンスがささってるとかな」

「お弁当だったら、鶴と亀がなんらかの食材で表現されてたりって、まあ、ありがちだけど……」

「いいんだよ、そういうのはありがちなのでいいの、ありがちなので……」

「あッ、じゃさ、じゃさ、お弁当箱が玉手箱になってるっていいんじゃない？」

「塗りの箱のな、金蒔絵でもって、なんか、めでたい宝珠《ほうじゅ》の絵なんか入ってて」

「うん、ふさのついた紐を、解く式になってるね、で、その紐解いて……」

「蓋あけると、中からケムがもくもくでてきて、太郎はたちまちおじいさん」

「もう、おじいさんにはなってんだからちっともおどろかない」

「玉手箱か、じゃそれでいきますか」

「いいよー、うけると思うなあ、じじさま弁当、玉手箱……」

「ばばさま弁当は、ツヅラってのはどうだ。おばあさんは、つい大きいほうのツヅラを取っちゃうんだよなァ」

「ちょっとちょっと、それじゃ、そもそも今回のコンセプトの意味ないじゃん」

「玉手箱あけると、鯛や平目の刺し身が入ってるんだよな」

「それふつう……」

「いいんだよ、こういうものは、ふつうでいいの、ふつうで……」

「だから、ふつうよりちょい少なめ‼」

帽子と持論

「はなはだ不本意なのは」

と、中折帽を手に呉智英氏は言った。まるで毛の薄くなってきたのを気にして、かぶり出したと思われることなんだよ。

「それは思うナ、フツー」

と、私は言った。呉智英氏の頭頂部は、薄くなったというよりも、なくなっている状態だ。ずっとかぶったままでいるわけにはいかないから、帽子を脱げば、髪の毛がないのである。

「ははァ、なるほど」

と、思ってフツーだ。

「だから、それが違う！」

ので無念であるということらしい。自分は、ハゲる前から帽子が好きで、かぶりたいかぶりたいと思っていたのだが、なんとなく帽子を買って、かぶるところまでいってなかった。

「ハゲてふんぎりがついたワケだ」

と、なおも追いつめたかったが、それは言わなかった。そうしてさらに、私の持論を展開したくもなったが、それも引っ込めた。そして、

「よく似合ってるじゃないか」

と、感想を言った。よく似合っているのである。だろ？　似合うんだよ帽子は、たいがいの人は似合うのだ。おどおどせずに、えい！　とかぶってしまえばそのうち似合ってくると言う。

「そうかもしれない」

と私は言った。本当にそう思ったからだが、少し気のない言いようだったかもしれない。というのも持論が脳内で展開していたからだ。

人はなぜ、抜けてしまった毛に未練を持つのだろうか？　私の持論では、髪型というのは「思想」であるからなのだ。「思想」といえば大ゲサだが、つまり頭の中身を、外側にあらわしているのが髪型である。

しかし、髪型は毛髪が材料なので、この材料が不如意になると、納得できる形にならない。ベッカムヘアにしたいのに、頭頂に毛がなければ、それはかなわないのである。

以前には出来ていた髪型が出来なくなるのは、自分の思想が抜けたわけでもないのに、髪型的には、あたかも思想的に薄まったごとくである。これはとうてい認めたくないことではないか。

予想外のところから、髪の毛をもってきてでも、自分本来の納得できる髪型にしようとするのは、こういうわけで、むしろ必然的なことなのだった。

しかし、本人のこうした努力は、たいがい理解されないのである。とくに女の人が、こうした努力を、まるで認めない傾向が強い。

女の人ほど、頭の中身を外側に表現することにおいては、男よりもいっそうの工夫と努力をしているのにもかかわらずだ。

なぜか？　については、まだ考えていない。いま考えているのは、私も帽子をかぶってみようか？　ということである。髪の毛はだいぶ白くなったが、それに不満なわけではない。帽子をかぶったら、頭の中身が少し変わるかもしれないと思うからだ。持論を進めるならそういうことになる。

真の幸福とは何か？

「真の幸福」ということになれば、私の場合は冷えたビールが一、二本ほしい。たくさんあればいいというわけでなく、とりあえず、一、二本あれば十分で、一ダースも二ダースも三ダースもなくていいのだ。

ビールは、最初の一杯が「真の幸福」であって、それから、杯を重ねるごとに、「真の幸福」からいくぶん遠ざかる気がする。

ビールはよく冷えているのがいい。やかましく言えば何度Cのどこそこのナニが、ということになるかもしれないが、私の場合「真の幸福」にあまり限定はつけないほうで、うまければ、たいがいのところでいいのだ。

それから、つまみに、そらまめとか枝豆がついているのも「真の幸福」の条件だろう。塩味がてきとうに効《き》いているのが望ましい。

いまは夏で、ものすごく暑いので、「真の幸福」の、夏の部のことばかりを想起してしまう。暑くて暑くて、もう、タイヘン、な時に「氷あずき」「氷カルピス」「氷ミルク」などを食べるのも「真の幸福」といえる。

人間は暑くてしかたないので、涼しくなりたいのである。だから人間はエア・コンディショナーという機械を発明したので、人間生活の快適さという意味合いにおいて、エアコンというのは評価されてしかるべきである。と私も思う。

しかし、「氷あずき」を食べる時には、クーラーは効いていないでほしい。同じように涼しくなるために、人間が考え出したものであるけれども、これを一時に味わうと、ひとつも幸福でないばかりか、そのうち腹が立つくらいに不快になってくる。

「氷あずき」を「真に幸福」に食べるには、クーラーは無用であるだけでなく、あれば有害なのである。サービスというものを、受ける側の立場に立ってできない人は、時々、こういう重大な誤りを犯してしまう。

ところで、宝クジで一億円当たった場合、「真の幸福」といえるだろうか？　という、問題の立て方というのは可能である。だが、私にとっては、これを「真の幸福」にあたるのか、あたらないのかと議論することは適《かな》わないのである。なぜかといって、私は宝クジで一億円当たったことがなく、つまりそうした状態が幸福であるかどうか、わからないばかりか、そうした状態が「真に」幸福かどうかなど、とうてい考えることもできないからである。

また、美女二人にモーレツにモテる状態が、真に幸福であるかどうか？　という問題にも、同じような理由で、答えることができないばかりか、考えることもできない。

しかし、いっぱんには、美女や大金が自分のものになる、自由になるというのは幸福であると思われている。

ところが、そこで考えられている「真の幸福」というのは、たとえば宝クジが、十億円当たれば、一億円当たった時より、当然幸福の度合は高いであろう、というような大ざっぱな議論であろうと思う。

美女が二人より、三千人の方が「スケールのでかい」幸福であると考えるような、議論であると思うのだ。それで、その全世界から選び抜かれた美女三千人が、しかも全裸で、こっちに向ってくるのだ、どーだ、ゴーギなもんじゃないか⁉︎ というような議論である可能性が高い。

即ち、これは「空理空論」といっていいだろう。絵に描いた美女にすぎない。私は美女の三千人が一億人になったとしても、しかもそれが全裸であったとしても、このことについてそれが「真の幸福か否か?」考えてみようとは思わない。

同じように、世界平和というものが、真の幸福のために必要かどうか? ということも私には考えられないことである。

世界平和はよいことであって、戦争ほど悲惨なものはないのであるから、できるだけ、戦争はしないようにしたいとは思うが、世界平和と「真の幸福」というのは分けて考えようと思っている。

私の「真の幸福」は、温泉に入って「あーぎもぢいい、あーぎもぢいい」などといっている状態のことで、そういう状態のことについては、いろいろ、コマゴマとご報告もできるが、美女三千人全裸、とか、世界平和、とかと「真の幸福」との関係というようなことになると、回答不能である。

仲間同士で、タワイもない冗談を言いあって、その冗談が冗談同士、うまいこと転げていくのが可笑しくて、ゲラゲラ腹の痛くなるまで笑ってる。なんて時も、私はかなり「真の幸福」を感じる。

露天風呂につかってるところへ、ホタルがとんできたり、バスに乗ってて、大きな虹のかかってるのに気がついたり、こっちを見て赤ン坊が笑ってくれたりする場合も、私は「真の幸福」を感じる。「真の幸福」は、ちょくちょく感じるので、感じた時が即ち「真の幸福」である。

正しい氷水

ひいきにしていた氷水屋さんが店をたたんでしまったのは、もう三年前だ。我々（私とツマ）は、せっかくみつけて通いつめた理想の氷水屋を失ってしまったのだった。

理想といっても、そんなにやかましいことをいっているわけではない。もちろん、いいだせば「理想」がないわけじゃない。できれば店の前に、車は走っていないほうがいいし、できれば景色がよくて、たとえば海が見えてたりしたらもっといい。

その店の前はビルの谷間の細い道なのに、抜け道なのか車が無闇に通るし、信号で止まって排気ガスをまき散らす。赤いテレビの上に段ボール箱や、漫画週刊誌なんかが雑然と置かれてあるような、合板のテーブルの脚が、カタカタいうようなそういう店である。

どこが「理想」なのかというと、エアコンがないところだ。

氷水を食べさせるところはいくらもある。氷水屋でなくとも、喫茶店で「氷」の旗を出しているところは沢山あるし甘味屋にも氷水はたいがい置いてある。

しかし、揃いも揃って、それらの店が間違っているのは、ギンギンにクーラーを効かせていることだ。

これは、つまらないもので満腹にしてしまった後に、とっておきのゴチソーを出してくるようなもので愚の骨頂である。

夏のうだるような暑い午後に、汗をだらだらたらしながら、我々は理想の氷水屋に行くのだ。

氷カルピスとか、氷あずきとか、氷すいとかをたのむ。

セミがガシガシ鳴いていて、こんな細い道をダンプが通っていく。

氷水がくると、なるべくこぼさないように、真剣にこれを食べる。そうして食べるうちにどんどん涼しくなってくる。これが楽しいんじゃないか！　これがおいしいんじゃないか！

ところが、クーラーをつけない氷水屋は、全国的に絶滅しようとしている。あるのは間違った氷水屋ばかりである。

昨年の夏、我々は長野県の野沢温泉に、ホネヤスメに行った。帰途、長野駅に向う途中に善光寺に立ち寄ることにしたのはいいが、その日はゲラゲラ笑ってしまうくらいな快晴で、気が狂ってしまいそうに暑いのだった。

「そうか‼」

と我々は思いついた。銀座や新富町に正しい氷水屋がなくなったといって、善光寺の境内に、まっとうな氷水屋の一軒や二軒、ないはずはなかろう。

さらにジリジリと照りつける太陽の下で、我々は氷の旗をたずねて、そこらをのたくりまわったのだった。氷の旗はすぐに見つかるが、みんな間違った氷水屋である。

「なんだ⁉　善光寺にも、正しい氷水屋はないのか⁉」

と声を出してののしったその視線の先に、我々は、眼を疑うほどに正しい理想的な氷水屋をみつけたのだった。

お店には大きな絵入りの看板がかかっていて、軒に背の高いヨシズがめぐらしてある。ヨシズのつくる影というか、スキ間からこぼれる日射しが目に涼しい。

あらゆる戸という戸が開けはなたれていて、まちがいなく、クーラーのクの字も、エアコンのエの字もない。

暗い店内に入ると、といっても入れば中はちゃんと蛍光灯もついて十分明るいのだが、氷あずき、氷イチゴ、氷メロン、氷レモン、氷カルピス、氷ミルク、氷白玉と、手書きのメニューがズラリと壁に貼りだされている。

中に「今季限定」として「梅甘露」というメニューがあって、これはどうやら、梅酒とその梅の実をスライスしたもので、こしらえたオリジナルの氷水であるらしい。

「理、理想の氷じゃないか‼」

と私は叫んだ。

まるで夢のような出会いであった。絶滅種の正しい氷水屋で、私が長年夢想していた「氷梅酒」のしかも梅の実入り……‼ それが実在していたのだった。

もちろん、ものすごく、んまかった‼ 感動した！

「よかったね、よかったねえ」

とツマもいってくれた。ツマは氷ミルク（コンデンスミルク使用）を発注して、これもサイコーだったらしい。よかった、よかった。

できれば猛暑の日、またあの善光寺の山門脇の、正しい氷水屋に出かけて、あの幻の「梅甘露」が食べたい！ と私は思う。

おいしい中国茶

近頃、もうろくしているので、正確にはわからない。

何年だか前に台湾を旅行したとき、町のふつうのお茶屋さんでふつうに買ったお茶が、バカにおいしかった。

中国茶の、いわゆる発酵させたお茶ではない。白茶《パイチャ》と呼ばれているらしい日本の緑茶に近いものだった。

中国茶といえば、中華料理屋で出てくるジャスミンティーと、缶入りのウーロン茶くらいしか知らなかったので、なんだ、こんなにおいしい中国茶があったのか、とおどろいた。

それからは、中国へ行くと、観光客向けのおみやげ屋ではなく、中国人向けのふつうのお茶屋さんで、お茶を買うことにした。

そこで気がついたのは、お茶の値段が、ほかの物価にくらべて相対的に高い、ということだった。そうして、北京でも広州でも上海でも、その「高い」お茶を、さほど裕福に見えない人々も気前よく買っていくことだった。

中国といえば、近頃は「毒餃子」だの「偽ミッキー」だので、あまり評判がよくない。

しかし、当然のことだが、中国人一般が、ウソつきだったり、インチキだったり、ズルだったりするわけじゃないので、相応のお茶に、相応の代金を払うカッコいい中国人がいるのを私は知っている。

私は、なんでもかんでも安く買いたがる最近の我々に、ちょっとうんざりしている。そこへつけ込むアクラツな中国人が、そういう我々をカモにしているのだが、ちゃんとうまいものを、ちゃんと手に入れようとしたら、ちゃんとお金を出すのがちゃんとしている。

台湾で茶館（中国茶の喫茶店）がブームだっていうのを知って、台湾に出かけたこともあった。実際に行ってみると、ブームは既に終りかけていたのだが、毎日、いろんな茶館に出かけてみた。

「あの時、なんであれを断っちゃったかね」

と思い出すたびにツマと反省するのが、その何軒か出かけた茶館の一つですすめられた「牛肉の香りのするお茶」のことだ。

「え!?」とワレワレは異口同音にびっくりしたのだ。だって「牛肉の香りのするお茶」ですよどうですか。

何も「牛肉の香りがする」お茶なんか飲まなくても……と思っちゃったんですよその時。失敗ですね。あれは試しておくべきだった。

麗江《れいこう》の、自然公園を山道に迷うように歩いていると、少数民族の衣装の娘さんに呼びとめられた。観光地で、呼び込みに売りつけられるようなもんにロクなものはない。とワレワレは考えている。だからついてはいったが、何も買う気はなかったのだ。

ところが、少数民族の娘さんは、とても素直ないい笑顔でニコニコしていて、ワレワレを年代物の丸テーブルに坐らせると、棚にならべられた壺の一つを持ってきて、そこから茶葉をすくうと、まっ黒にいぶされたヤカンで、二人分のお茶を淹れてくれた。

これが飲んだら、凄くイイ！

のだ。飲んだあとに、口中が爽やかになったと思うと、どこからともなく突然のように甘味が湧いてくる。

「おいしい」

「おいしい」

と日本語で言うと、娘さんは、先刻よりさらにニコニコ笑っている。うれしそうだ。そうして、また違う壺から、茶葉をすくい出してまた二人分のお茶を淹れてくれた。

このお茶も品のいい味だったが、なにしろ最初の不思議なお茶をすっかり気に入ってしまったので「こ、これを売ってくれ！」と思わず懇願してしまった。

勿論、お茶は売るつもりだったのだ。だから今や娘さんの方は余裕シャクシャクだ。このお茶の銘柄は「蘭貴人《ラングイレン》」。支払いになると、やはり「エッ?!」と思う、いい値段である。しかし、その時ワレワレはあわてず、黙って言い値で、払ったと思う、ひょっとすると何か言ったかもしれない。うわっ高！　とか、ちょっとまけろー、とか。

近頃もうろくしていて正確なところはわからない。

綿菓子のような

縁日の夜店はたのしかった。思い出すとアセチレンの匂いも甦ってくる。『少年』や『少年画報』や『冒険王』の十大附録の古本をバラで売っていた。おそらく一冊10円から15円じゃなかったか、ビンボーの少年だった私は、まずその無雑作に平台にぶちまけられた、附録マンガを、テッテー的に吟味して、やっとこ一冊を買ったものだ。

マンガは『若乃花物語』という伝記物だった。いまでも書き出しのコマから思い出せる。

「エッ、ホー、エッ、ホー。ここ北海道は室蘭の港、9人きょうだいの長兄・花田勝治は、病気の父にかわって、朝早くから沖仲士として働いていた」

生涯に最も熟読した本である。このうすっぺらな本を、まるで、何かの教科書か教典みたいに、何度も何度も、すり切れるまでくり返し読んだのである。不思議なことに、当時私が好きだった相撲取りは、若乃花のライバル・栃錦の方だった。

『若乃花物語』を暗誦するほど熟読したのちもそれは変わらなかった。

夜店で買い物をする。自分のお金で自分のほしい物を買う「たのしさ」が、こんな妙なことになったのだろう。

それを買ってしまったら、もうたいがいべっ甲アメや、綿アメや、あんず飴やソースせんべいや、焼きソバやカルメ焼きや、焼きトウモロコシやお好み焼きは、「見て」楽しむしかないものなのだった。

もうひとつ、見るたびに、いつか手に入れたいと思ったのがカクダイキだった。これさえあれば、大友柳太朗や中村錦之助、市川右太衛門や東千代之介がホンモノそっくりに、まるで奇跡のように描けるのだ。

現にそういう絵が、いっぱい針金に吊り下げられている。信じられないくらいにうまい。スッゲー！　とみんな口をあけて見ている。

おじさんは、あまりしゃべらず、ただモクモクと絵を描いている。コドモも大人も、それを熱心に見つめているのだ。

カクダイキはなにかの道具をカンタンにしたものなのだろう。モノサシを三、四本、妙な具合に組み立てたような不思議なものだった。手元を見ずに、写真をなぞる部分だけ注視して動かすと、ひとりでに正確な輪郭が拡大してうつせる。

コドモ達は、なんといっても、その見本に描かれた絵の見事さにウットリしているのだ。錦之助のチョンマゲのズラの、ツヤツヤした髪の毛や、キラリと光る瞳、黒々とした眉、肌のツヤやふくらみがそのままだ。

それはもっぱら、木炭デッサンの技術を駆使して描かれているので、拡大器で輪郭がうつせたとしても、誰にも同じように描けるわけじゃないのだったが……。

ある時、やっとの思いでそれをついに買った。ところが、拡大率をあわせるためにダボを外すと二度ともとのように組み立てられず。その日のうちにただのバラバラのモノサシになってしまった。もし、あれを使いこなして、錦之助が描けていたら、いまごろは一体どうなっていたのだろうか？

　金魚すくい、風船ヨーヨー、樟脳で走る小さな舟、ハッカパイプにセルロイドのお面。なぜだか、七味唐辛子屋にステッキ屋、瀬戸物屋さんに植木屋さんも出ていた。

　いちばん、人気のあったのはバナナの叩き売りだった。向う鉢巻にダボシャツ、薄茶の腹巻にステテコというナリで、たいがい声がナニワ節みたいにいいあんばいにつぶれている。

「ハイ、滋養満点のバナナだよ。このとおり裏もバナナ表もバナナだ。お母さん、ちょいと握ってごらんなさい、どうだい、立派なバナナだろう、この立派なリュウとしたのが一本二本、三本四本、五本十本とついて、さあ、八百円だ。何？　まけろ？　まけろってえならまけようじゃないの、ねえ、お父さん」

　なんていいながら、時々ものさしで、台にひろげた包み紙用の新聞紙をバシッバシッと叩くから叩き売りだ。

　山のようにバナナがあるが、中々買う人はいない。買う人はいないが、そこで立ちつくして、叩き売りの口上に聞き入る人は大勢いる。バナナは当時とても高かったのだ。

大人もコドモも、とっても一生懸命に、こういう売り手の口上を聞いていた。瀬戸物屋さんも、茶わんや皿をカチンカチンと、わざとぶつけて、ヒヤヒヤさせといて売るのである。包丁屋さんは菅笠をかぶっていて顔が見えない上に、陰気に黙りこくってニンジンや大根を切り、カマボコを切ったと思うと、今度はそのカマボコの板まで、ザクザク、ザクザク切る。そんなに切れすぎても困る。と思うほどザクザク切る。かと思えば太鼓を打つようにまな板を包丁で乱打する。

何度も何度も、あっちまで行っちゃあ、こっちまで戻って来て、金魚を見てべっ甲アメを見て、綿アメ作るおじさんを見る。ただし見るだけ。

あんなに縁日が楽しかったのは、たぶん、ビンボーだったからだ。ザラメを綿菓子にするようにコドモは憧れをふくらませていたのだと思う。

あのすばらしい味をもう一度

おじさんは、和菓子屋さんかなんかみたいに、白いうわっぱりを着て白い前かけをし、白い帽子をかぶっていた。ありようは屋台のアンズ飴屋であるけれども、今思っても異様なほどに小ざっぱりしていた。

特別新しいわけじゃないけれども手入れのいき届いた清潔な屋台で、扱う品物はアンズ飴だけという、まるで芸術みたいなシンプルさである。

水飴のたっぷり入ったホーローのバットがあり、シロップ漬けのアンズの入った大きなガラスの広口瓶がある。

金属のヘラで、バットの水飴をすくい出して、ワリバシをさしこんだところに、シロップ漬けのアンズを置いて、クルリとくるむ。それを、アンズのジュースにサッとくぐらしてから渡してくれる。

水飴のバットには、すぐフタがされ、キレイなフキンで、とくに汚れた様子もない台の上をおじさんはていねいに拭いている。コドモから受けとった、五円か十円（いくらだったか忘れた）硬貨を小さな引き出しにポイと入れ、また手拭いで手をキレイに拭く。

客の列がなくなったら、すぐ屋台を引きながら、引き手の横にぶら下がった、板状の鉦《かね》を小さな金槌で「チチン　チンチンチンチチ　スチチンチンチンチチ」というリズムで叩きながら去っていく。

あのおじさんのアンズ飴なら食べたい。ものすごくうんまいのだ。でもおじさんはもういないだろう。コドモだった私が今は六十二才のおじいさんなのだ。

何度か、あれを再現してみた。アンズのシロップ漬けと水飴を買ってきて、試すけど、ただ甘いばかりでまるで似ていない。おじさんのアンズのジュースはさわやかに酸っぱくて、絶妙にうまかった。あの鉦の音がすると、いつもゲタをつっかけて走って出たものだ。おじさんはあの鉦の音みたいにフェイドアウトした。

昭和三十年代がなぜ流行るか

今年（二〇〇七年）から四月二十九日は「昭和の日」ということになったそうだ。この日は昭和天皇の天皇誕生日だったわけだからわかりやすい。

昭和は六十四年もつづいた時代だ。今生きている人のほとんどは昭和の人だ（と書いたけれども平成生まれも来年はハタチなのだから、もう、ほとんどとはいえないのかもしれない）。

昭和といったって、戦前も戦中も昭和だけれども、いまの「昭和ブーム」は、たいがい昭和三十年代のことなのだ。

「あの頃はよかった」と思う人が多いからだと思う。最近、何冊か昭和三十年代について書かれた本を読んだ。

「昭和三十年代が、いうほどいい時代だったのか?」

と疑問を投げかける、というアングルからの本だった。

書いているのは、たいがい昭和三十年代に青年だった人で、一様に「黄金時代」のように昭和三十年代をとらえることに違和を感じている。

しかし、いま昭和三十年代をファンタジーにしているのは、当時コドモだった人、といまコドモの人である。「しんちゅうぐん」が何をしていたのか、日本は世界の中でどういう立場にあったのか、そんなことのわからないコドモである。

よく言われるように「高度成長」をひかえて、将来に光を見出した「明るい時代」として懐かしがられているのだとすると、それはたしかに疑問を呈するに足る、というか呈すべきことだろうと私も思う。

しかし、昭和三十年代を懐かしむ人々は、「明るさ」に憧れている人ばかりじゃないのではないか。貧しかった当時の日本人なら、格別の努力を必要とせずに「けなげ」になれた、その「けなげ」さを懐かしんでいるのではないかと私は思う。

親兄弟、ご近所同士、助けあって生きていかなきゃやっていけない時代、には人々は「助けあう」ことに努力を必要としない。そうするのがあたりまえ、とみんな思っていたからだ。

そうして、そのみんなが、ぜんたい世の中を「貧乏」から救わなきゃと思っていっしょけんめいに働いたのである。それが悪かったとは言えないが。豊かになると人々は「助けあう」のがむずかしくなってくる。

隣人が、ふるさとから送られてきた野菜を、おすそわけに持ってくるのを、口では感謝しながら胡乱《うろん》に思っている。豊かな時代は、人々をそのように隔てることになってしまったのだった。

せっかく貧乏からみんなで脱出したのに、貧乏の方がよかったのか⁉と、いっしょけんめいに働いた私達の父母や先輩は思うだろう。私達だって、やっぱり貧乏から逃れようと、いっしょけんめいに働いたのだ。

貧乏の象徴みたいな、古ぼけた下見板張りの木造アパートや、すすけたモルタルの壁や、線路脇のホーロー看板や、裸電球や、さみしいカサのついた街灯や、野暮ったい、名前を書く欄のある黒いズック靴や、練炭や豆炭や、タドンや、アンカや、ブリキの湯たんぽや、ブリキのバケツや、アルマイトのやかんや洗面器や、ベタベタする蠅取紙や、ちびた下駄や、クルクル回る便所の空気抜きや、二十燭《しょく》の電球や、そうしたあれほど嫌っていた物たちが、なんで今はこんなに懐かしいのか。

貧乏臭いアズキ色の電車や、黒い木造のゴミ箱や、愛國党のポスターと赤面対人恐怖のハリガミや、枕木を廃物利用した線路脇の柵や、コンクリで作った安物の瓦や、コールタールを塗った波板トタンや、七輪や、お釜や五徳や十能や、ペンキを塗り重ねた郵便ポストや、向こう側が歪んで見える硝子戸や、粗悪なボタンや、駄菓子やメンコやビー玉や、キビガラ細工やリリアンや、けんだまやベーゴマや、はっかパイプや、樟脳で走り回る船や、ソースせんべいや、くりぬきや、フガシや、ぱんぱんいうだけのピストルや、そういうモノを見つけるとジーッと見てしまう。

思わず買ってしまったりもする。

中国や東南アジアを旅行すると、そんなものと、全く同じではないにしても、同じ匂いのする安っぽい、貧乏臭いものを、やっぱりじっと見てしまうのだ。

思わず買ってしまったりもするのだった。あんなに豊かなアメリカや、すすんだヨーロッパのハクライ品がえらいと思ってたのに、いったいどういうことだろう？と考えてしまうのだった。

それは、私がおじいさんになったからである。自分の若かったころ、コドモだったころが好きなのである。そのころには嫌いで嫌いで大ッ嫌いだったものだって、自分の若々しい時代のものだったら好きなのだ。

おそらく、人間は懐かしがる動物である。懐かしがるのは、きっと脳ミソのくせである。懐かしいと楽しかったり、うれしかったりするのが脳ミソには好都合なのに違いない。

都電が遊び場だった

大塚に住んでいるから、今でも都電は身近にある。時々、無意味に乗って、雑司ヶ谷の墓地へ行ったり、鬼子母神のあたりを散歩したりもするけれども、用があって都電に乗るということはない。

できれば、用もないのに飛鳥山とか庚申塚とか王子とかへも行ってみたいと思っているけれども、それはきっと高齢者パスとかをもらえた頃のことになるだろう。といったって、もういくらもない。

荒川線の沿線は、土の見える所に近所の人が花を植えたり、柵にふとんが干してあったりするのがノンビリしてててとてもいいから、いつか夏のはじまるちょっと前に、ひそかに朝顔のタネを、柵沿いにズーッとすきまなく播いとくってのはどうだろう、とか計画していたが、実行しないでいるうちに沿線にバラを植える計画がいま進んでいるそうだ。バラなら初夏と秋の二回花が咲くし、とてもいい企画だ。

でも朝顔ってのも捨てがたいんだけどなァ、荒川線には朝顔が、きっと似合うと思うんだけど。しかし、電車の顔は以前とずいぶんかわってしまった。東京じゅうに都電の走っていた頃には、あの山吹色にえんじの線の入った配色が、ずいぶん野暮ったいものに見えていたけれども、なんだか今となると今の色より親しみがある。

もっとも、こんな苦情は、いつの時代にだってあるので、昔のものがよかったというのは、ただ言ってる本人が懐かしいというだけの話だ。懐かしいとなれば、あのチンッチンッという、ものすごくローテクな仕掛けのベル装置もいいし、停留所の看板の赤と青緑の配色とか、空を覆うようにゴタゴタする電線の様子も、すべて懐かしいのである。

高校が水道橋にあって、ちょうどオリンピック前、都電が次々に廃止になる直前だった頃だから、よく銀座まで都電で出ていた。いま路線図を見ると、池袋駅前から数寄屋橋まで行く⑰系統が乗り換えなしに行けるけれども、都電は一枚のキップでいくらでも乗り換えができたから、日比谷公園まで行って、乗り換えていた気もする。

数寄屋橋につくと、安い黒糖蒸しパンを歩き食いしながら銀座の画廊をつぎつぎハシゴして見て回った。

高校を卒業した頃、いまスカイツリーで突然脚光を浴びている柳島のあたりに住んだので上野から柳島車庫まで、㉔系統に乗ることがしばしばあった。

この時も、しかし通勤とか通学といった用事で乗るというより、やっぱりワザワザ遠回りして家まで帰る、なんて場合に乗ったのだ。

稲荷町のあたりだったか、清島町あたりだったたか、車窓から壁に「?」と大書された建物が見えて、「なんの会社なんだろう?」と、いつも不思議だった。

田原町のあたりで、大きくクランクのようにカーブするところがあるのだが、そこで車掌さんが、

「え、線路の都合で曲ります」

と淡々と言うのがおかしくて、プッと吹きだした。

すると、車掌さんは、いきなり私の目の前までやって来てそれからはマンツーマンで話しだすのだった。

車掌さんは、おそらくそういう名物車掌さんだったのだろう。そのあとも何度か出くわしたが、個別に沿線案内をされるのは恥ずかしいので、以後はすました顔をしていた。

しかし、はじめてこのセリフを聞く人は、それが何度も繰り返して、いい間になっているのが妙におかしいから、ついつい吹いたり、笑みがこぼれてしまう。

「え、線路の都合で曲ります」

そうしちゃあ、その笑いの残っている人の前にいって、沿線ガイドをつづけるのだったが、おもしろいのは「線路の都合」のところだけなのだった。

二十燭の電灯

100ワットの電球が好きだったのは夜が暗かったからだろう。昔は夜になっても100ワットをつけたりしなかった。

六畳間には60ワットくらい、三畳間には40ワットくらいじゃなかったか。もっと暗いのは20ワットで、たいがい便所についていたから子供は「便所のデンキ」といった。

「便所のデンキは暗くてさみしいなあ」

と小学生は思っていて、中学生になっても高校生になってもそう思っていた。便所には二十燭《しょく》の電灯をつけるのが、そのくらいまで日本の常識だったのである。

夜汽車の窓ガラスに額をくっつけて、外を眺めていたのは、いつのことだったか覚えていないけれども、田んぼのそばの小さな家に灯りが点っていて、それが二十燭の暗い電灯だったのを、もの悲しい気分で眺めていた、そのもの悲しい気分だけをくっきり覚えている。

植木等が好きで、わーっはっはっは、ぶわぁーッといこう！　っていうような明るいのが好きだった高校生のころ、私は思い切って「非常識」に明るい100ワットの電球を便所に取りつけたのだった。

「こんなにゴフジョーを明るくしてどうするの」

と母がいっても、いいやこれでいい、と私は便所に100ワットを「導入」したのにひどく満足していた。

ところが、それからいくらも経《た》たないうちに、便所に100ワットの電球をつけても非常識でないような世の中に、日本はなってしまった。

そうして、海外旅行なんて夢の夢の夢くらいだったのが、それからいくらもしないうちに実際に自分も出かけていくようになってしまったのである。あのころ、もうコンビニは出来ていただろうか。100ワットどころか、どこもかしこも蛍光灯の明かりで、あたり一面まるでまっぴるまみたいに明るいのがあたりまえのコンビニエンスストアー。

100ワットの電球なんて、いくつつけようが全然おどろかないみたいになっていたころに、旅先で夜の暗いのに気づかされた。

中国の広州では、真っ暗で街灯もまばらな道を、車が「無灯火」で走るので、日本人は「どうして？　ヘッドライトをつけないのか」あわてて詰問した。

「ダイジョーブですね、この道はなれてる」

「でも、どうしてつけないの！　バッテリーなんだから電気代は関係ないでしょ！」

「いや、つけたり消したりすると、スイッチがこわれますね」

「いや、つけとくだけでいい、消したりしなくていい！」

どうも、中国人は理由もなく無駄にライトを光らしたまま走るなどはとてもできない、ということらしかった。

もっとも、つけたり消したりするとスイッチがこわれるといいながら、時々、突然ライトをつけて、すぐまた消す。なにをしているのかわからず、じっと目をこらすと、ライトの点いた途端、道には大群衆が歩いているのがわかった。ライトが点くと、人の波が左右に分かれてまるで「十戒」のあのシーンみたいに、人の海が割れるのだった。

車を降りて、のこらず便所の電灯みたいな暗い街灯の町を、あちこち角を曲がって歩いた。あの時のことを思い出すと、まるで幻の夢の町の出来事のような心地がする。

ネパールのカトマンズの大通りには、街灯さえなかった。宿にあった停電時用の懐中電灯を持ってきて、足下を照らしながら歩いていたのだったと思う。ホテルから中心街まで、晩めしを食べに向っているのだ。

暗い中を、無灯でそのまま歩く人もいるが、それぞれなにかの明かりを持っていたようだ。ひょっとすると、ガンドウ（ローソクをカンカラの中に点しているような道具）を持っていたのだったかもしれない。暗い中に、人々の持つ小さな暗い明かりがチラチラしていた。かれこれ二十年以上は前の話だけれども、なんだかとてもうっとりするような思い出だ。

あんなに100ワットが好きだったのに、旅先の思い出の景色は、たいがい暗い二十燭の電灯みたいな懐かしい夜の景色なのである。

着陸前の飛行機から見たメキシコの人家の灯は、山の麓に暗くて淡い橙色の点描だった。バリのホテルでは、透かし彫りのある素焼の器から、ローソクの裸火がゆれて見えていた。

そんな景色を思い出している時には、なんだかひどくゆったり落ちついたいい気分なのだ。まるで、暗いのが昔からずっと好きだったみたいに。

おそらく、年をとったからだろう、と思うけれども、年をとったからいいものがいいとわかったのだと思っている。夜は暗いのがいいのだ。その暗いのよさを際立たせてくれるのは提灯の明かりだったり、ローソクの炎だったり、二十燭の電灯だったりするのだと思っている。

どんどん橋のたもとに

「どんどん橋なくなっちゃったの知ってる？」

と私がミヤウチくんに訊く。どんどん橋は、東上線と埼京線と貨物線と何本もの線路をまたいでいる陸橋だ。

「なんか、懐かしいなと思ってさ、去年だったかな、行ってみたら、閉鎖されてて、取り壊すって看板に出てた」

「へえーッ、そういや、ずいぶんアッチに行ってないなァ」

「ミヤウチくんは、池中（池袋中学校）行くときはどんどん橋渡ってた？」

「ああ、アオトキがさ、アイツ学校こねえから、ミヤウチ毎朝迎えに行けって先生に言われてさ、毎朝アオトキんちに寄ってからどんどん橋渡って……」

「ああ、どんどん橋のすぐ下だったもんなアオトキ、どうしてるかな」

「あそこにはもういねえんじゃないかな、アイツんとこ生活苦しかったからな、毎朝行くとさ、お母さんが出てきて、なんかかんか言い訳するんだけど、本人が出てきたこと一回もない。おそらく、働いてたんだろうな、コドモおおぜいいたしなァ……」

アオトキは小学校からの同級生だった。ミヤウチくんは中学校でも同級生になったのだ。

「毎朝行ってた……」

「そう、毎朝行ってた。毎朝お母さんが出てきて、イロイロ言うわけ、だからオレも、わかりました、じゃあって」

「うん、毎回」

「それで、あれ、日曜日だったなァ、オヤジが朝からバリカンで、オレの頭刈るっていいだしてさ、ミナミくんも刈られたことあったろ」

「ああ、あったあった、時々ひっかかるんだよな。ミナミくん髪が伸びてるな、刈ってあげようって」

「いやがってたな、オレはもう逃げようないからさ、庭に椅子出して、頭刈られてたら、坂塀の下にコドモの足が何本も歩いてくんだよ」

「ああ、足だけ見える」

「ココがミヤウチくんのうちだよー、っていう声がアオトキなんだよ。まだ小さい子二人つれて、うちの前通ってくんだな。ミヤウチくんは、毎朝お兄ちゃんを迎えにきてくれるんだよーって弟たちに教えてるんだ」

「ふ〜ん」

「ああ、アオトキわかってたんだなあって思ってさあ」

「ふ〜〜ん」

といって私は、ちょっと黙ってしまった。

アオトキは、小学校のときも学校へくるのは、とぎれとぎれだった。だから授業はきっと、よくわからないし、つまらなかったろう。

われわれの時代は、人数が沢山だったから、一人ひとりの学習の進捗状況にあわせるような授業はしていなかった。

それでもアオトキは、いま考えるとひょうひょうと、それなりに学校生活を楽しんでいた気もする。

ひょろりと長い坊主頭で、キョトンとしたような目をしていた。いつも兄たちのお下がりだと一目でわかる服を着ていた。

もっとも、あの頃はきょうだいのいる子供はたいがいそうだったのだ。アオトキの着ていた服は、胸に大きなポケットのついたハンドメイドで、いま思い出してみるとけっこうオシャレなのだが、当時は本人もまわりも、けしてそう思っていなかった。

近ごろ、小学校時代のクラス会を、わりあいマメにやっている。われわれも、もうオジイサンだから、ひまなのだ。それでたまにイイ話が聞ける。

鬼は外で寒かろう

実は昔、鬼だったことがある。友人の青鬼に頼んで一芝居打って、村人と仲良くなった赤鬼である。小学校の五年生の時だったろうか？　学芸会で「泣いた赤鬼」の赤鬼役をやったのだった。

かれこれ十年くらい前だったろうか、二十年は会っていなかった、青鬼がたずねてきて「泊めてほしい」といって、私の事務所に泊まっていった。

青鬼はつまり、小学校の同級生だったが、台湾人の女と仲良くなったとかで、翌日、台湾へと旅立っていった。いくらか餞別を渡したのは、あれは赤鬼としての感謝のつもりだったかもしれない。

青鬼は私のベッドの枕に、ヨダレの跡をつけていなくなって、あれ以後プッツリと消息を断っている。あの時私は、そのヨダレの跡を見ながら、自分が赤鬼であった頃のことを思いだしていたのだったが、それをまた、今思いだしていると、ますます、自分がかつて鬼であったような気がしてしまう。

オニというのは日本語である。隠（おに）とも書いて、姿の見えないことをいうらしい。鬼というのは漢字であってキと読む。漢語では亡者の意である。つまり死人の魂のことを言ったそうだ。

しかるべき学者に聞けば、このあたりのことは既に解明されているのだろうが、オニというのは、里の民に対する山の民、暮し方の異なる異種族、あるいは先住民族や異民族、といった人々をさすコトバだったらしい。

姿は見えないが、その存在に気がついている人にとって、そのオニは不気味でおそろしい、恐怖の対象であったろう。

だが、中には里の人と交流してみたい、仲良くなりたいというオニもあったのに違いない。自分が安全なオニで、決して害をなすものでないのを証明するには、友人の青鬼に一暴れしてもらって。それをやっつけて見せることで、自分が里人の味方であるのを、アピールするくらいしかないのだった。

友人の青鬼の方は、里の人には興味はなかったのだろうか？　私は自分の目的を達するために、友人の青鬼から申し出てくれた案とはいえ、友人を制裁することによって、里人に迎えられたのである。

私は青鬼の友情に感謝したが、その青鬼はもう、どこかへと姿を消してしまって、会うこともできないのだ。そうして、私赤鬼は友人の友情を思って泣いた。

節分の豆まきというのは追儺（ついな）という宮中の年中行事に発するものらしいけれども、これは中国由来のものである。人にたたりをする恐ろしい形をした怪物に、豆を打って追いかえすというものだ。

「鬼はァ外ーッ‼　福はァー内」

と大の大人が大声をあげて、豆をバラバラまいた。

近頃は、あまり見ないし、ああいう大人の胴間《どうま》声《ごえ》というのは、ヨッパライの騒ぐのを聞く以外にあまり聞かないものだけれども、昔の大人は、節分の時には恥ずかしがらずに、大まじめに大声をあげたものだった。

だからコドモも、おもしろがって自分も大声をあげて、食べものを庭にばらまいたりするっていう、いつもはしちゃいけないことを、おおっぴらにやってよろこんだのである。

もう暗くなった、晩めしの頃に、近所のあちこちから、たいがいはおとうさんの大声で

「オニワァーソトオ〜！　フクワ〜ウチ〜！」

という声が聞こえてきた。

「ねえねえ、おとうさん、うちもやってよ」

というと、マスに入れた豆をつかんで、縁側から、うちのおとうさんも大声を出して、豆をまいてくれた。

そして、コドモは暗やみに、イガイガのついた鉄棒を持った、虎の皮のふんどしをはいた赤鬼がひそんでいるように思っていたと思う。

宮中の追儺《ついな》が、中国起源のものであるとするならば、鬼はつまり死の意味で、自分や家庭にとりつく死を追いはらう行事となる。

日々の中で忘れようとして、忘れている、おそろしい「自分や家族の死」を、豆を投げて、さらに強く忘れようとするのだろうか?

しかし、もし鬼をオニと思っていたのなら、豆まきの行事というのは、どういう意味あいで受けとられていたのだろう?

自分が鬼になった頃、私は節分の日の自分の立場というのを考えてみただろうか? いま、とくに思い出せないところを見ると、考えなかったものと思える。あるいは、もう、あのころから、おとうさんが大声を出して、豆を庭にばらまいたりするようなことを、やめてしまっていたかもしれない。

コドモだった私が想像していた。虎の皮のふんどし一丁の、重い鉄棒をもってウロウロしていた鬼は、さぞかし二月の夜の寒いのに閉口したはずだ。なにしろ鬼はハダシでズックもはいていないんだからなァ。と私は今、小学生になったつもりで鬼の身を案じている。

としとってもおんなじだね

とでんをまってたら、みさおちゃんがきたので、いっしょにのって、あすかやままでいきました。

おうじのえきで、しゅうごうなので、もうみんながたくさんあつまっていました。

しげるちゃんは、しゃしんがかりなのでりっぱなカメラをもってます。

のりこさんとれいこさんとたけちゃんが、がっきゅういいんだったので、みんなをまとめて、あすかやまのかいだんを、のぼっていきました。

みっちゃんは、えとじがじょうずなので、いまはちゅうごくの、すみえのせんせいに、えをならってるといってました。

ちゅうごくのせんせいは、おかねのことに「しっかりしてる」と、みっちゃんはいいました。

しげるくんが、はい、じゃあ、きねんしゃしん、といって、ほどうきょうのところでしゃしんをとろうとしたら、とおりかかったおばさんが、とってあげるといって、しゃったーをおしてくれました。

さくらのはなびらが、たくさんちって、いしだたみの、みぞのところに、きれいに、あつまっています。

なぬしのたきは、みんないったことがあるといってましたが、ぼくははじめてなので、すごくきれいで、とってもきにいりました。

よやくしていた、おすしやさんで、みんなでおさしみとか、にぎりずしとかで、おさけをのみました。

いちばんはしにすわった、たけちゃんから、じゅんばんにたって、あいさつをします。

たけちゃんが「ねがわくば　はなのしたにて　はるしなん　ともうしますが」というと、ぼくのとなりにすわってる、けんちゃんが「おいおい、むずかしいこといいだすんじゃねえだろうな、おい、さいぎょうほうしかよ」といった。

それから、ぼくのほうをむいて

「りょういちがよぉ、そしきのかんぶになったってみんながいうからさ、おれ、しらべてみたんだよ、あの、りょういちがなぁ、とおもってさ」

「おれだって、ともだちが、やのつくおしごとの、えらいひとになったって、そうきいたら うれしいじゃねえの、でもってそしきのぱんふれっとってのてにいれてよ、え? やのつくおしごと、やおやじゃねえよ、なにきいてんだろな、もう。でよ、みたら、ねーんだよ、りょういちのしゃしんが、かんぶのぶ、にねーの。あれ? どうしたのかな? ってよ、ねんのために、もうちょい したっぱのよ、しゃしんはねえけど、なまえがのってらあ、そういう、やくつきのさ、それこうやって、ずーっとみたって、ねーんだよ」

りょういちくんが、まえのくらすかいにきたときは、しんじゅくで、けいえいしてるからおけすなっくとかに、つれてってくれて、いっぱいおごってもらったけどな、どうしてんのかなあ、りょういちくん。

音のたのしみ

鳥が啼いていたり、虫が鳴いていたりするのを聴くのが好きだ。波の音や、せせらぎの音なんかも好きだし、遠くを電車が通るのもいい。

今ならそんな音を採ったテープやCDなんかもあるだろうけど、それを買ってきて、取り出して、スイッチをいれ……とかしてるのを想像すると、ちょっとメンドくさくなってくる。

とはいっても、本物の音じゃなきゃ……っていうほどにゲンミツじゃないのだ。しらないうちにそういう音が流れてたりするのがおもしろいと思う。

以前、亡くなった谷岡ヤスジ先生のお元気なころ、セミの声のテープを送ったことがあった。谷岡さんが夏が大好きで、待ちきれずに冬のうちから、セミの鳴くマ

ンガを描いたりするので、電話で「今度、セミの声のテープ捜してきて送りますよ」というと、

「そんなもん、ダメだダメだ。ほんとのセミが鳴くからいいんじゃないか！」

と、てんで相手にされなかった。だが、かまわずにセミの鳴いているテープを送ったら、もうすっかりそんなこと忘れてしまったころに、

「伸坊がセミのテープを送ってくれたっけなァ」

とかいわれてたから、あるいはテープを聴かれていたのかもしれない。

だが、いつも、こういうテープで不満なのは、編集されてあるところだ。退屈させまいとするのか、それとも勉強させるつもりなのか、いろんな虫の鳴き声を聴かせたり、蛙の種類別の鳴き声を分類したりしだす。

私が、そうしたテープなりＣＤを聴きたいと思うのは、鳥の声や虫や蛙の声を研究したいというわけじゃなく、あたかも今、鳥や虫や蛙がそこで鳴いているような、錯覚をたのしむことであるらしい。

音楽でも、たとえばインドネシアのバリ島では、ガムランを遠くで演奏するのが

ホテルの部屋にいても、始終聴こえていたりするのだが、ガムランを聴くといきなりその熱帯のホテルの部屋に瞬間移動したような錯覚がおきておもしろい。目をつむると、さらにこの錯覚の色は濃くなる。ガムランだけでなく、蛙の声もかぶせて鳴かしたりすれば、さらにリゾート気分が盛り上がってくる。

オールデイズの50～60年代ポップスも、私はこれを聴くと、いきなり中学校の教室にワープしてしまう。そうして時に、お昼時の、「のり弁」（海苔をしきつめた弁当）の匂いの幻覚まであらわれたりするのだ。

私にとっては、音や音楽のたのしさの、かなりの部分が、この記憶と結びついているという気がする。

まったく初めて聴く、妙なる音楽や美しいメロディーというものもあるのだろうとは思うけれども、やっぱり音のたのしみと記憶というのは、とても深いところで強くむすびついているに違いない、という気がどうしてもするのだった。

温泉の効き目

たいがいの人は、温泉から上がってくるとセンプウキにあたって体を乾かしながら、温泉の成分表というのか、あすこのところへ行ってじっくり読むと思う。昔、理科で習った元素記号やイオンがどうしたとか、含有量が何グラムだとか書いてあって、ほんとのことを言えば、読んでも何がどうしたのか分かるわけではない。

しかしとにかく成分が含有されているので、何かに効くはずで、めでたいことである、という気持だ。効能……という項目は、さらにめでたいので、具体的に効く病気が書いてある。

胃腸病、肩こり、皮膚病、婦人病とか書いてあって、婦人病は婦人じゃないから、自分には無関係だけれども、だが少しはなにかに効きそうだ。

とりあえず、打身も捻挫もスリキズも、いまのところはないし、痔疾、水虫も間にあってるけど、とにかく効くってのがいいじゃないか、と思うのである。

だが、温泉に入っていたのは、正味のところは五、六分だったかもしれない。

どういうわけか、風呂に入ったら、体を洗わなきゃと思って、ずいぶんケンメイにあちこち洗ってしまった。

アロエの石鹸とか、どうしたわけだか、炭が入ってる灰色のボディソープとかがあるので、ひととおり使ってみたりして、ボーズなのにリンスも一応つけた。ただの石鹸じゃなく、アロエだの炭だのが入っているので、あれも何らかのことに効いてるはずだ。

何がどのように、どこに効いたとか、何がどうして、ここが治るとか、そういうキリキリしたもんではなくて、なんだか、なにかが効いて、よかったよかった、という、ごく漠然としたものである。

そういうわけだから、

「あんな成分表なんて、信用できたもんじゃないすよ、源泉に温泉成分がちょっとでも入ってたらもう大いばりで温泉ですからね」

というような、対決姿勢というのは、少なくとも温泉に来ちゃった時点では、あまりふさわしくない正論である、と私は思う。

どうせ、ちょいちょいっと温泉に浸ったくらいで、そんなゲンミツなことといってたら、たいして効いちゃいないでしょ。

「あー、温泉だ、温泉だあ」

と思って、あーいい、あ――あいい――、ふうやれやれ、とかさわいでいるから、私は効くと思う。何にどう、というんではないが効く。

露天風呂に入って、空を見たり、川の流れるのを見たり、竹が風にゆれてるのを見たりするのも、効くと思う。

月を見るのもいい。虫が鳴いてるのを聴いたり、チョロチョロお湯が流れてる音に耳を澄ますのも効くと思う。

大体、温泉でもなんでもない、ただの水道水だって、あったためてお湯にすれば、体に効くのである。

草津温泉ハップを混入してかきまぜ、白濁させるのはインチキなのでけしからん、と世間はいうけれども、あれを入れたら、ただの水道水をわかしたものより、さらに体に効くので、まるで温泉に入ったのと同じ効果があると思う。

温泉に入ったら、ため息を出す、というのも体にいいそうだ。あ〜あ、ふう〜う、とかう〜、ヤレヤレヤレ、とか言うのも効くらしい。

休憩所にイボイボのついた青竹ふみとか、足裏マッサージ板とか、電動ブルブル椅子、とかがあったら、そういうものもやる。これらもなんらかの効き目があると思う。

廊下の途中、庭の池が見えるので、庭ゲタにはきかえて、じっくり池を見るのも、なんらかの効き目が期待できる。鯉が泳いでいるのを丹念に見ているのも効くと思う。

そうこうするうち、持ってた手ぬぐいが、冷えてくるので、それで顔や首スジを拭くのが効くと思う。

部屋に戻ってきたら、手拭いを手拭いかけにかけておいて、TVをつけて見てもいい。手拭いは手拭いかけにかけておくと、翌朝はすっかり乾いていて、また温泉に入りにいく際に好都合である。

籐椅子が置いてあるから、それに腰かけて新聞を見るなり、部屋から見える景色などをなんとなく眺めたりするといい。

あんまり大酒をのんで翌日、頭が痛いだの気持悪いだのということにならない程度なら、酒をのむのも体にいい。酒は百薬の長というくらいだから、適度にのめば、体に効くのである。

冷蔵庫をあけると、リポビタンDとか、ユンケル黄帝液とか、ミネラル水とかが入っているのでのむと効くし、魔法瓶とお茶の用意がしてあるから、それをめんどうくさがらずに自分で入れてのむと、お茶は健康にいいので効くのである。

そんなわけで温泉はいろいろ効くと思う。

死ぬ前に読みたい本

本当を言うと、死ぬ前に私は、いちいち本を読んだり、いちばん食いたいものを吟味して食べたりしてないと思った。

死ぬのは不愉快なことなので、そんな気分じゃないだろうと思ったのだ。が、よくよく考えたら、それじゃあ私は、不愉快で不機嫌のうちに生涯をとじる、ということになってしまう。それではまるで、悪者の死に際のようだ。

なるほど、こんな設問がよくされるのは、ゴキゲンに死ぬための工夫であったのかもしれない。

「おじいちゃん、おじいちゃん、好物の鰻丼（特上）ですよ、ハイ！　ほらフタとった！　いい匂いだねえ」

てなことになれば、そのおじいちゃんも、思わずニコニコしてしまうかもしれず、それはまあ、死ぬ間際にペロリと平らげるのは無理としても、ほんの一口食べるとか、ほんの一なめするとか、ほんの一嗅ぎするだけで、家族は納得するのである。

そんなわけで、ゴキゲンに死んでくための読書、ということで理解するなら、私は、その本は字が大きいのがいい。いくら大きくてもいいと思うくらいだ。

便所に家人が買ったらしい週刊誌が置いてあるから、ちょっと読もうかなと思うけれども、メガネ（老眼）を持ってきていない。いったん、排便を中止して、メガネを取ってくればよさそうだが、「そこまでして……」という気もする。

それで、そのまま読もうとすると、ところどころに読めない字がでてきて、文の意味がとれず、まるで自分がバカになったようで、不愉快である。

また、字はちゃんと見えているのに、本当にむずかしくて読めない字だったりすることもあり、この場合は横にフリガナがふってあるから、それを読もうとするのだが、こんどこそ字が小さすぎて、見えないのだ。

だから、死ぬ前に読む本は、十分に字が大きいものが望ましい。

内容の、あまり難解なのも、死ぬ前に適していない。そんな本では、片づかない気分のままで死ぬことになる。大体からして、死ぬっていうのが、まだ気分が片づいてないのだ。

まァ、死ぬころにはそういうことは片づけておけばいいのかもしれないが、まだずっと先のことと思っていて、手をつけていない。

内容の難解でない、字の大きい本、ということになると、まるでコドモの読む絵本のようだが、まァ、そんなものでいいかもしれない。

マンガ本などもいい。笑えるのがいいと思う。結局、いま、ふつうに読んでる本と変わらないようなことになった。

笑い話や、冗談をまとめたような本も、いい。

そういうものも、なかなかはじから笑えるというわけにもいかないと思うが、時々、笑えるというのが、かえっていいかもしれない。

ちょうどフフンと笑ったところで、コロリと死ぬといい。

家族をまもる冗談

私は、怖がりなので自分がひどいことになってしまうシチュエーションを想像してみたことがない。

もし、地震が起きて原子力発電所の原子炉がメルトダウンしたらどうしようとか、北朝鮮のテポドンが飛んできて、自宅に命中したらどうしよう？　とか考えたことがない。

もし、私が道を歩いていると、地震があって、地割れしたところに、どこかよその人がはさまれてしまったら、と、いま仕方なく考えてみたが、やだなあ、と思うのだ。そういうところに遭遇したくないなあと思う。

だが、この一年そういうことに遭遇してしまった不幸な人々が沢山出て、毎日のようにそういうことが報道されているのである。

そうして家族をなくしてしまった人、家族を助けられなくて、自責の念にかられている人の話などを聞くと、むごいことだなと思う。

しかし、私はいままでの考えを変えて、どんなにひどいことが起こったとしても、自分は動じることなく家族をまもって、あるいは知らない人でも助けを呼んでいる人があったらぐずぐずしないで、ずんずん助けるような人になろう！　と思わない。

そういうことが、自分の身のまわりに起きてほしくない。と思うだけだ。そんな風に思っていたって、実際に天災も人災も起こるのだし、現にそういう不幸のまっただ中にいる人が、しかも沢山いるじゃないか⁉

それでも、いざとなった時のことを考えないのか？　と問う人があるかもしれないが、私は考えを変えないつもりだ。

いざとなった時、私は自分だけ助かりたいと思う人間かもしれない。が、いざとなっていない今、そう思って、そうなるかもしれない自分にムチ打って、まにんげんになろう！　と決意したりしないということだ。

希望としては、自分が、いざという時にも恥ずかしくない行動のとれる人間であったらいいなあ、と思うけれども、なってみなければわからないことを、いま考えても、決意してもしかたないと思う。

それは、いずれ自分も死ぬわけだけど、どんな風に死ぬべきだろうか？　とか、どんなふうに死にたいか？　などのようなことを考えるのと同じことだと思っている。

つまりそういうことは考えない。

そうなった時にジタバタすればいいのだと考えている。いや、考えていない。こういう作文をたのまれて、ひきうけたから今、考えたのだ。

私は、家族のことをとても好きだが、だから家族がひどいことになったらどうしよう、とそういうシチュエーションについて考えることはなかった。

それは自分についてそれを考えない、ということと同じであると思っていた。そんなことをちょっとでも考えるのがいやなのだ。

ところが、ＴＶなどを見ていると、そういうことを考えろ考えろ、なぜ考えないのか？　としじゅう言われているような気がする。

ちょっと目をはなしたスキに、中国では子供をさらっていく犯人がいて、その犯人が二人組みでオートバイに乗って、犯罪をおかす一部始終をじっと黙って見ているような映像が流れたりするのである（カメラはおそらく無人の自動カメラだと思うが）。

私の家族は（いま一つ屋根の下で暮らしているという意味だと）ツマ文子ひとりである。われわれに子供はいないので、目をはなしたスキに子供が六階のベランダから落ちたり、食べてはいけないものを食べたり、悪者の餌食になったりする心配はない。

それでツマ文子は、私が休日の朝に、床屋に出かけたりする時、

「クルマに気をつけてね」

「右見て、左見て、クルマが来ないとわかってから渡るんだよ」

「クルマにはねられたらグチャグチャになっちゃうからね」

と、妙に具体的に注意を与えるのである。

「ああ、わかったよ気をつけるよ」

と、私は言う。

「ぐちゃぐちゃになったらやだからな」

「そう、だから気をつけなねー、無事に帰ってきてねー」

と、ツマ文子は毎度言うのだ。ツマは私の性格がよくわかっているのだと思う。もうわれわれは三十二年も家族をしている。

私がいざとならないと、何も考えていないのを知っているのだ。いざとならないうちは大丈夫かもしれないが、道を横切っている時にクルマが走ってくるのに気がつかなければ、それがもういざという時であって、気がついた時にはクルマと私はぶつかってしまうのである。

クルマにぶつかると、ぐちゃぐちゃになっちゃうんだぞ、とツマは具体的に教えてくれるわけだ。私は冗談だと思って、ああ気をつけるよ、ぐちゃぐちゃはやだからな、と言っているのだが、どうも冗談ではないらしい。冗談じゃないと、私が聞いていないので冗談めかして言っているらしい。

後期高齢者

「後期高齢者医療制度」の評判が悪いというので、役所的には異例のスピードで「長寿医療制度」と名称を変更した。

けれども、制度を批判する勢力は、あいかわらず後期高齢者の方を使って、「みなさん、怪しからんと思わないですか！　長寿医療制度」と、言わない。もちろん、長寿っていうコトバが、エンギがいいからである。

ＴＶや新聞は、政府のやることに反対するのが役目と思っているので、ともかく反対する。

「延命治療をするかしないか医師に相談する」のにお金がかかる、といって噛みつく人がいた。

「早いとこ死んでくれって話ですか？」

とか言っている。なにげなく聞いていれば、たしかに年寄りに、いつ死にますか？　と訊いているようでムゴい話だと思ってしまうが、はたしてそうか。

私は延命治療というものに関しては、ちょっと疑いを持っている。

私の母は二年前に九十一才で亡くなった。あっぱれ老衰の大往生だと思うけれども、何から何まで、うまいこと、眠るようにアッチの方へ行ったというわけでもない。

めんどうをみてくれていた姉から時々相談をうけた。お医者さんから、水分を摂るように言われるのだが、母がなかなか飲もうとしない。

もともと、お茶や水を、どんどん摂る方ではなかったけれども、さらにひどく飲まないのだという。お水を飲まなきゃ死んじゃうって、お医者さんに言われてるのよ、お願いだから飲んで、と言うとやっと飲む。

そのうち、誤嚥《ごえん》をしてむせて苦しそうだから、食べものも水分も、トロみをつけて少しずつ摂らせるようになった。

どうしても量がさらに減る。するとお医者さんは、それじゃ点滴にしましょうということになって、毎日、点滴をするようになった。

ところが、するうち、体が点滴も受けつけなくなったのか、ひどく痛がるし、腕は点滴の注射跡だらけということになった。

ノドに穴をあけて、そこから水分と栄養を流し込む方法があるがどうか？　と訊かれて、どうしようか、と相談された。

二人同時に、それはもう、やめようや、ということになったのだ。水を飲んでもらうのも、点滴で一日でも長生きしてもらうのも、なんだか子のワガママのような気がしてきたのだ。

もともと母は、元気なころから「百まで生きる」と、コドモのようなことを言っていたのだった。ワレワレも母なら百まで生きるかもと思っていた。

結局、ノドに穴をあける延命策はとらなかった。ほどなくして母は亡くなったのだが、亡くなった後、姉と私は、もっと前から、母の好きなように、つまり水を飲みたくないときは飲まない。飲みたくなったら飲む、食べたいときに食べ、食べたくないときには無理に食べない。

そのようにして、少しずつ木が枯れるみたいにしていたらほんとうに眠るように死ねたんじゃないのかな。

などと話したのだ。ワレワレは、あまりにもお医者さんや、現代医学や、世間の常識で母をみていたんじゃないか？

母にしたって同じように、現代の常識にしばられていたろうから、訊けば延命治療を受けることが「生きる」意志だと思っていたに違いない。

長寿がめでたいのは、健康のまま年老いていた時代の話だ。

カンナン ナンジヲ タマニス

元気だったおふくろも、九十歳の大台をこえたくらいから、寝つくようになった。どこが悪いというのではない。つまり老衰だろう。トイレはまだ起き上ってしているし、起きている時は話もする。

水分をとらなければいけないのだが、元々お茶や水をのむ方でなかったから、すすめてもなかなかのまない。週一回、点滴に来てもらうことになった。看護婦さんがしわだらけの腕の血管をさがしあぐねて、何度かやり直しているとオフクロがこう言ったそうだ。

「カンナンナンジヲタマニス……」

「え？　何？　おバアちゃん何か言った？」

「カンナンナンジヲタマニス……」

「おばあちゃん、なかなかうまくいかないでごめんねぇ、待たしちゃって」

「カンナンナンジヲタマニス……」

「あれ？　おばあちゃん、はげましてくれてんのかなァ、ありがとね」

「カンナンナンジヲタマニス……」

どうやら、姉の話によると、点滴のハリが見当をはずすと、痛いらしいのだ。おふくろは看護婦さんのカンナンに言及していたのではなく、注射のイタイのやコワイのをのがれるマジナイをしていたらしい。

「カンナンナンジヲタマニスかあ……」

と私は言った。

姉にそんな話を聞いているいまは、おふくろはスヤスヤ眠っているのである。

「なんだか最近は、話している途中に、無関係にことわざだの格言だの言うのよねえ」

そういうのが好きなのかと思って、教訓カレンダーみたいのを買ってきたのよ。

で、はじめの方をちょっと言ってみると、ものすごい勢いで後を引きとるの、おもしろいよ。

「ナナコロビ……」

「ヤオキ！」とか、

「ジョーズノテカラ……」

「ミズガモル！」とかね。

しかし、注射がコワくて呪文のようにカクゲン言ってるって、まるで小さい女の子みたいでカワイイよな、と私は言った。

実際、もともと小柄だったおふくろは、さらにしぼんで、すっかり小さい女の子だ。

カーネーション

母は気の利かない人であった。四十五で若死にをした父に、よくそのことを叱られていた。

そんな時、母はふすまを後手に閉めるとペロリと舌を出した。ふすまのこちら側にはコドモ達がいる。

「オトナなのに……」

と私はあきれていたのだが、当時の父よりもずっと年上になったいま、その母の表情がほほえましい。

「どうも自分は母に似たらしい」

と思うからだが、この考えがそもそもオトナらしくないではないか。

母は裁縫もするし、料理もした。掃除もしたし、やりくりもする、昔ならあたりまえのそういうフツーの主婦だったけれども、おしなべて、その手並は水際立たないものだった。

めしは焦げくさい日があり、やわらかすぎる日があり、かたすぎる日があって、稀にちょうどよく炊けた。

その打率は母と二人暮らしをするようになった頃も、ずっと変わらなかった。時に新たな料理に挑戦することがあって、うまいとホメると次の日そっくり同じものを作った。

客観的に見るなら、母の暮らしは、ずいぶん苦労の連続である。結婚当初こそいい暮らしもしたらしいが、父が病に倒れるとそのさして水際立たなかった家事を、仕事にして働きに出たし、そのあまり気のすすまない裁縫でプロとしてやとわれた。一家は母が支えて三人のコドモと病身の夫を食わせたのである。

けれども、母にその苦労は身につかず、つまり娘気分のまま一生を過ごした人だと思う。

そのわけに気付いたのは、七、八十代になってからだ。少しヒマができて、奇妙なオブジェや、不思議なデッサンを描くようになった（といって、はた目には単にシロウトの手なぐさみだが）。

「実は、オフクロの本来はアーチストだったのではないか？」

と、私は思うようになった。

母の絵は上手ではないのだが面白く、母の手芸は、はっきり雑なのだがユニークだった。ようするにアーチストがそれと気付かずにフツーの主婦をやっていたのだ。

母の日に、カーネーションを買って持っていったのは、満九十の年だった。花屋のつくったカーネーションの束をわたすと、

「キレイだねー」

とフツーなことを言う。

いったいに母は、家に花を飾ったり、というようなことにマメじゃなかった。むろん、貧乏していてそれどころじゃなかったかもしれないが、

「ワタシはねー、カスミ草が大好き！」

と添え花をホメたのも笑った。大体、しかじかの花が好きだ、というような話も聞いたことがない。

母が寝つくようになって、私は時々、姉の所に顔を出すようになった。姉が母の面倒をみてくれていたので、罪ほろぼしに花やケーキや、甘いもの好きの母のためにチョコレートをもっていったりすると、コドモのようによろこんだ。

「何でも買ってきてやる。何がいい？」

と私がコドモにたずねるように言うと、

「桃が食べたい」

といきなりワガママを言った。冬に桃はムリだろ。しかたない、缶詰の桃を買っていくと、案に相違して、よろこんで食べている。

九十一才の誕生日の日、私は母に「ところでいくつになったのか？」質問してみた。

その頃になると、母はときどき、私をわすれたような目をして見ていることがあって、見計らって、他人行儀に「私の名前、ご存知ですよね？」と問いかけたりしてふざけていたのだ。

「ハーハッハ」と母は笑って、判ってますよお、というのだが決して名前を言わないのだ。

歳の話を出したのは、つねづね「百まで生きる」とコドモのようなことを言っていたからだ。

母は、ちょっと中空を見るようにしてから

「百、いち‼」

と言明した。もう目標を達成している。

母らしいズサンさだ。とその時は思った。その誕生日から二カ月後に母は亡くなった。

私は、喪主のアイサツでも、母の計算違いにふれて、弔問客を笑わせたのだが、いまはちょっと違う考えをしている。

どうも、死ぬころになって母は、だいぶオトナになったらしい。

冬に桃が食べたいと、はじめてのワガママを言ったのも、私に親孝行の手柄をたてさせたのだし、百一才まで生きたと間違ってみせたのも、我々を安心させたかったからに違いない。

やるなあ、オフクロ。

九十くらいになると、どんな人間も、さすがにオトナになるらしい。

自分が死ぬこと

私は自分が死ぬということに関して、あまり考えないことに決めている。いままでもあまり考えてなかったので、それは、そういうことを考えてもろくなことにならない気がしたからだ。

そういうことになったのは、私がこわがりだということでもあるし、だから、カンがはたらいていたかもしれない。

そういうことを、いくら深く考えてみたところで、それを考えている頭は、生きているので、生きながらにして自分が死んだということは、実感できない。

だからまあ、どんなにギリギリと考えてみたところでそれは「生きた考え」というもので、「イキイキとした考え」というものであると思う。

こういう結論になったのは、五、六年前に、私は「肺ガン」だと医者にいわれて、その時に、思わず自分の死ぬことに関して、考えてしまったからである。

「なんだ、もう死ぬのか……」と、大変フマンな気分になったことがあって、その時は、いまは、嫌そうにいっているが、その時はずいぶん積極的に自分の死ぬことについて考えたのである。

その時にどんな気分であったのか、いまではあやふやになってしまったけれども、たとえば、桜の花が咲いていたり、若葉が茂ったりするのを見て「なんと、キレイなことだなあ！」と思う気分などは体験として悪くなかったなと思う。

実際にキレイだったので、自分が死ぬと思っている人は、へんな余裕がでて、そうした美しいものなんかには感性がはたらくようになるらしい。

しかし肺ガンだといわれて、すぐにでも死ぬふうに思ったのは、私が医学的な知識に乏しかったからで、近頃はずいぶん、ガンに罹った人も治っているらしい。

が、その時はもうガンと聞いたら、明日にでも死ぬような気持でいたのである。

道を歩いていて、私より年嵩の人がいたりすると、ああ、あの人は自分よりも運がよかったのだなあ、と思ったりするのだったが、どうしてそんなに、少しでも長生きがしたいと思って、少しでも長生きをした人を羨やんだりするのかと、そういうことは考えなかった気がする。

「なんだ、もう死ぬのか」と思ったといって、自分には死ぬまでに、こうしたことをしておきたかったのだとか、あれをこうしないうちは死ぬにも死にきれない、というような立派な事情はとくになかった。

まあ、漠然とした、運命に対する反撥のようなものを感じていたものとみえる。いろいろ考えたような気がしていたが、単に不満だっただけかもしれない。そうしてなぜ死ぬことがそんなに不満なのかというのもわからずじまいだったのである。

半年ぐらいそんな気分で過ごしているうちに、ガンのほうが退縮した。そのことがわかったのは、そのころPET診断というものをしたからだ。

なんだ治ったのか、と思った。この話をすると、たいがい友人などは疑わしい顔をして「そりゃあ、もともと誤診だったのじゃないか?」という。

そうだったかもしれないし、そうでなかったかもしれないが、ともかく私が、半年間は「すぐにでも死ぬのだ」と思っていたのはほんとうなのである。

それも、いい体験だったではないか、といわれればそうかもしれないと思ったりもするが、そんなに愉快ではなかった。

わかっていたら、あんなに深刻になるんじゃなかったみっともない。と思うけれども、まァ、自分が物に動じない豪胆な人間であるはずもなく、死ぬぞといわれれば、わあ、まずいな、すぐですか？　なんとかなりませんか？　と〆切におびえるいつもみたいなことになるという、ちっとも意外でない反応なのである。

そうして、この時、生涯ではじめて、自分が死ぬことについて、まじめに考えざるを得ないようなことになったわりに、大した結論も、めざましい考えも生まれたわけでなく、そうしたことの結果として、私は冒頭に記したごとく、

「自分が死ぬことに関しては、あまり考えないことにする」

という結論になったというわけである。いずれ、年をもっととれば、頭もいまよりさらにぼけ加減になり、というよりぼけまくりになるから、「考えないことにす

る」どころか、そう決めたことさえわすれてしまうのである。

年をとれば体のあちこちが、少しずつオシャカになっていくので、そのうち全身オシャカになる。

全身オシャカさまになるということは、すなわち、アキラメもつくというもので、ほっておけば、人間はそういう境地になるようにできているのである。

「死生観」というのは私の考えるのにアキラメをつけようとする考えなので、そんなに早手回しにアキラメずとも、いずれアキラメは勝手につくと考えている。

わが人生最良の瞬間

私の人生は失敗つづきであったし、たいがいうまく運ぶということがない。毎朝の出掛けにだって、やれパスモを忘れただの、事務所のカギを忘れただのと、トントン拍子には運ばないし、何かをさがして手に入れたポケットに目的のものが入っていたためしがない。

先日、大事なメモをなくしてあたふたしていると、背後からツマに声をかけられた。

「どうした」

「え、いや、いまさ、電話で聞いた用件をメモした紙がね、ないんだ」

「いまって……」

「いや、ほんとにたったいま書いたはずのメモが煙のように消えてなくなった」

「それはさ、クズカゴの中にあるよ。さっき電話を切った時になにか丸めて、ポイって捨ててたから」

「まさか、そんな、いくらなんだって、大事な用件をメモした直後にまるめて捨てるヤツはいないだろ」

と言ったがいた。クズカゴの中に、たったいま大事だと思って書いたメモがまるめて捨ててあったのだ。

コイツ関係ない話をしだしたなと思われるかもしれないが、つまり私は、ひょっとしたらあったかもしれない「最良の瞬間」を私が即座にまるめて捨てていた可能性がある、と思っているのだった。

間が悪いだけでなく、積極的に私は自分の人生をまるめて捨てていた気味がある。だって六十年も生きていれば人間、「ああ、あれは私の人生の最良の一コマであった」と、誇らしく思い出せることのひとつやふたつあるのが普通だ。

もっとも、「最良」とかっていわないのだったら「あれは、けっこうよかった」

と思うことはいくらもある。

月がキレイに見えてた晩とか、ベランダの植木から新芽が出てた日、ふざけて植えた豆が生《な》ったり、レモンの実がついてたこともある。あれはうれしかった。

花の匂い、たとえば毎年どこかに嗅ぎにいく、梅だったり、蓮だったり、自分で育てているジンジャーだったりの香りをきいているときもけっこういい。

虹が出てるのに気がつくときもわりといいし、葉っぱに日が射していて、それが透けて見えてるのもかなりいい。

と思い出していて、私はクズカゴの中からメモを拾い出したのだ。

あの、たくさん繋って、折り重なったユリノキの葉が、キレイに見えたのは「肺ガンの疑いがある」と医者にケンギをかけられて、「いまにも死ぬ」と思い込んでいた時期だった。

あの頃は、最悪だと思っていたんだから、そんなときに、逆光に葉っぱの折り重なるのを見て「けっこういい」と思ったのは、マイナス分をプラスすると相当よかったということになる。

そういえば、あの「いつ死ぬかしれない」と思っていた半年間（私は半年の間、医者から手術をすすめられながら、それを引き伸ばしていた。その間に自己免疫力で、ガンをなかったことにしてしまえと思っていた。半年後にPET診断というのをしたとき、私にあったかもしれない肺ガンはなくなっていたのだが、それはもともとなかったのかもしれず、あるいは、半年の間になくなったのかもしれない。ただ、当時私の頭の中にガンははっきり居据っていた）は、最良の瞬間の宝庫だった。あの年の梅見がよかった。群馬の方の梅林へ行って、短い草の上に布を敷いて、そこにゴロンとしながら、お酒をのんだ。

つまみに私の好物のミモレチーズや、油漬けのオリーブをツマが用意してくれていて、それがとってもうまかったっけ。その場所は、きっと立入禁止の区域で、その証拠に囲りには人っ子一人いないのだ。うららかな日が照っていて、遠くから氷川きよしの唄う三橋美智也の曲が、小さく聴こえてくる。

なんだかのんきで、でもうすーく淋しい気分もあって、梅の時期なのに、日がぽかぽか温かかった。ツマはいつものように冗談を言っていて、私もいつものように、くだらない思いつきを喋っていたと思う。帰りに、高崎のそば屋さんに行って、そこでまたゆっくりのみなおしたなあ。あれはそう、私の人生の「最良の瞬間」といっても自分には大げさではない。なるほど、私は作文のテーマを、かなり大げさに考えていたらしい。どうしてだ？「わが人生」のわがってのはただの自分のことなのに。

ハクモクレンの咲くころ

ハクモクレンの花が景気よく咲いていた。

「この花には……」と私は思った。何度もなぐさめられたことだなあ。

ハクモクレンの花の咲くころ、私はたいがいガッカリしていたのだった。試験に落ちて、希望の高校に入れなかったり、試験に落ちて、二番目の希望の高校に入れなかったり、試験に落ちて、やっと入った三番目の希望の高校を、今度は卒業できないかもしれなかったりした。

結局、卒業はお情けでさせてもらったのだが、追試、追々試をしている間に卒業式は終わってしまっていた。

そうしてそんな状態だったのに、今度は美術大学を受験して毎年律義に落ちていた。

「今年もダメか……」と思って、空を見上げると、そこにハクモクレンが、ゴーセイに咲いているのだった。

春の、やわらかな青空をバックに、上品でやさしい感じの花なのに、ハデにゴーセイな感じに、ブワァーッと咲いているのである。

「ワーッハッハッハッハ‼」

とまるで笑っているようにドッと咲いているのである。それを見て、私は、だんだん元気になっていったと思う。

「ワーッハッハッハ……か」

と思ったと思う。まだ肌寒い日もあるんだけど、ハクモクレンの咲くころ、しかも晴れた日曜日なんかには、ハダシにゲタをはいて散歩に出た。ことさらゲタの音を立てて、

「カラーン、コロン、カラーン、コロン」

そうして、ハクモクレンの花を見上げると、ま、なんとかなるかなあ、と思った

と思う。毎年そんなことをしていたのだ。

そうして、今、五十六歳のオジサンとして言うならば、まァ、たいがいのことは、なんとかなるんだし、若い時に思いつめたり、追いつめられた時に追いつめられた気分になっているほどには、なにごとも、そう思いつめたものではないのだった。

アンタンとした気持ちで、自暴自棄になったり、ヘコんで落ち込んで、どうにもならないと思うのは、少し運命を買いかぶりすぎなので、それは後になってみるとわかるのだった。

私の場合はそういうことを、ハクモクレンの花の下で毎年のようにしていたことで、少し早めにそのことに気づかせてもらったかもしれない。

もし、今年受験に失敗して、ガッカリしている若い人がいたら、キミは私の友だ。ハクモクレンの下にいって大いに笑おう。

「ワーッハッハッハ、ワーッハッハッハ」

山吹の葉っぱ

コドモのころに住んだ池袋の家には、小さな庭があって、親父《おやじ》の趣味でいろんな花木が植わっていた。

山吹が植わっていたのは、丸く刈り込んだツツジやツバキの間を潜《くぐ》った先の、なんだかむやみに、放射状に枝を伸ばす私が名前を知らない木の奥であって、そこまでたどりついたら、たいがい、何本かの枝を折ってしまったり、顔や腕を引っ掻いてしまったりするような、不便なところに生えていたのだったが、そこをムリムリ進んで、山吹の黄色い花の咲いているところまでたどりついた。

春の陽《ひ》が当たって、そこはとても気持ちがいい。山吹の花の黄色と、若緑の葉がキレイで、いきなりブチッとその葉っぱをムシるのである。

コドモは乱暴だ。キレイなら、そこで感心して見ていればよさそうだが、そうしない。

そうして、さらにその葉っぱをツメをつかって、千切《ちぎ》ると、葉脈の中に、クモの糸のようなものがあるから千切れたなりに葉っぱがつながっている。

ワレワレは、これを「チョーチン」と呼んで、軸を持ってブラブラさせた。遊びはこれまでで、ひとしきりブラブラさせ

「チョーチン！」

「チョーチン！」

と言い合うだけなので、飽きたらそれをポイと捨てる。

落語の「道灌《どうかん》」をラジオで聴いて、太田道灌が雨具を借りに入った荒屋《あばらや》の賤《しず》の女《め》が、お盆にのせて出すヤツが、これなんだよな、と知ったころには、もう「チョーチン！」はしていなかったと思う。

私は今でも歌道に暗いけれども、落語を聴いていたお陰で、

「七重八重　花は咲けども山吹の

実のひとつだに　なきぞ悲しき」

だけはソラで言える。太田道灌は文武両道の殿様だったが、この賤の女のナゾかけが解《わか》らなかったのである。

（答・蓑《みの》一つだにないです）

落語のお陰で、ソラで言える和歌はもう一つある。

「ちはやふる　かみよもきかず　たつたがわ
からくれないに　みずくくるとは」

こっちの歌の、ほんとうの意味を聞かれても困る。おいらんの千早太夫や、その妹のカミヨ太夫、元相撲取りで、いまは働き者の豆腐屋になった、竜田川なんかの出てくる歌でない、ということは自信を持って言えるが、学者じゃないから、それ以上のことはムリだ。

「それにしても、オレたちはガキのころに落語を聴いてなかったら、こういう常識も身についてなかったんだよな」

と、友人とこの間しみじみ話し合ったところである。

新品の緑

新緑である。見上げて口が丸くなっている。

「ほう……」

と言っているのだ。なんて、キレイなんだろうと思っているのだ。単なる緑が、春になって生えてくる新品の緑が、こんなに感心するほどキレイだ。

人間は植物みたいに、こんな風に毎年、新しくなることはできない。人間は植物をすこしうらやましく感じているらしい。

花が咲いて散ると、今度は芽が吹いてくる。芽がカワイイ葉になって、みるみる育っていく。それぞれの葉っぱはよく見ると、それぞれ違ったキレイな緑だ。微妙に、ニュアンスの違う緑色であって、しかしそれぞれが感心させる魅力を持っている。

赤ん坊を見ると感心する。あんなに小さいのに、小さい手に小さい小さい爪《つめ》がついていて、それが実に「上手に出来ている」。

新緑を見て感心する気分は、赤ん坊のあの小さな手を見るのに似ている。気持ちが晴れ晴れしてきて、ニヤニヤしてしまう。

うちのベランダのケヤキの木は、今年で十四歳だ。何も植えていないハズの植木鉢にとつぜん双葉が生えて出て、カワイかったのでそのままにしておくと、それがケヤキの木になった。

ふつうなら、もっと育つのかもしれないけれども、植木鉢育ちだから、驚くほど大きくなったわけではない。いま現在、身長は六十センチくらい、直径八十センチくらいに枝をはっている。

白い綿ボコリみたいな虫がついたり、それで葉が枯れたりしたことが何度もあった。それでも元気で、今年も芽を出して、今は盛大に若葉をつけている。

秋から冬に、すっかり葉を落としてしまった枝を見ていると、今度こそとうとうダメかと思うけれども、そのうちプチ、プチと黄緑の芽が出てきて、しばらくすると、いっせいに葉になって、まるで一丁前の「木」のように生えている。実生《みしょう》で十四年経《た》てば、一丁前もなにも「木」に違いないが、なにしろ、最初に芽を出した時から知っているから、単なるそこらの木とはわけが違う。毎年このケヤキの若葉にはニヤニヤさせられてきたが、今年はどうも自分ちのケヤキだけじゃなく、新緑一般にニヤニヤしている。やっぱりトシのせいだろう。

雪だるま

もう、かれこれ一週間は経っただろうか、8チセン《チセン》積もったっていう雪が、まだあちこちに残っている。

東京の雪は、たいがいすぐに消えてしまうのに、ここのところ気温がなかなか高くならないかららしい。

あんまりしぶとく雪が残っていると雪に対する気持も変わってくるから現金なものだ。

雪だるまは作ったその日に、いちばん可愛がられる。

とけてやせてしまった汚れた雪だるまに、目をくれる人はいない。

今朝、事務所にくる途中、頬がげっそりこけて面長になった雪だるまに、目鼻がなかったので、近くの植込みの木についていた緑の木の実を二つもいで、目をはめこんでやろうとしたらその面長の顔が、ガクンと落ちてこなごなになってしまった。しかたないので、いままで胴体であったところに、強引に木の実の目玉をとりつけて、葉っぱで唇をつけた。

昔は、いいトシになってからも雪だるまをつくったりしたものだがそうそう雪のふらないこともあり、ここ十年雪だるまをつくっていない。どうせすぐとけてしまうと思うから、東京の住民はあんまりちゃんと雪かきをしない。二日くらいしてあわてて凍った雪を剝いで、細いけもの道みたいな道がつけてある。

前から若いお母さんが男の子を連れて歩いてきた。男の子は雪のかき残されたところを、選んで歩いていてお母さんに叱られている。

「どうして？　わざわざ雪の上を歩くのよ、危ないでしょ」

すれ違って、ちょっとやりすごしてから私はツマに言った。

「どうして？　って、こどもなら当然雪の上を歩くよなァ」

「うん！」

とツマが返したので、汚れた雪をズクッと踏んでみた。

「あぶないよ、こどもじゃないんだし」

たしかにあぶない。雪は汚い氷になっていて、ちっともズクッと崩れないばかりかツルツルと滑る。

転んだりした日には、六十五年の歳月が笑いものになる。

雪は降り始め、それから朝になって意外にも積もっているというのが、一番喜ばれる。

いつまでもとけずに残っている、あの汚い雪のことを、俳句や歌に詠んだ人はいるのだろうか？　私が知らないだけで、もちろん誰かは詠んでいるのにちがいない。

その気になって、そのへばりついた雪を見て、風流になってみようとしたが、まだまだその境地には達していないらしい。

いまごろは

どうしているか

ゆきだるま

っていう俳句を、昔つくった時には、実際には雪だるまをつくっていたわけではなかった。

他人の作った雪だるまの、とけて細面になった雪だるま、しかもその首をつきおとしてしまった人物が、その胴体をムリヤリ顔にしてしまった。

だが、いったん顔のついた雪のかたまりは、新たな雪だるまである。あの大きな顔だけの雪だるま、これからどんな運命をたどるのだろうか。

私はきっと、今晩帰宅の途中にあの大きな顔だけの雪だるまの安否を確認せざるを得ない。

雪だるまというのは、案外、人をして気がかりにさせる存在なのである。

人の世の
短し長し
雪だるま

あとがき

本書にまとめた作文は、現在も連載中の、みやび出版『ｍｙｂ』の「日々のシンボー」と毎日新聞社『本の時間』の「じじの時間」を軸に、『文藝春秋スペシャル』や『うえの』、『室内』といったところからいただいた注文で（たいがいテーマを与えられたものが多かったと思う）書いたものをよせ集めたのです。よせ集めるにあたって、自分が老人になることだったり、老人がよくする懐旧談だったり、老人がよくする日本語談義だったりする、つまり「じじ臭い」みたいな、「じじむさい」ような文章を選んだというわけです。

スクラップの整理が悪いので、いちいちの文章が、いつ、どこで、どういうテーマで発注されたものか、不分明なために、初出の一覧をつくることはできませんでした。

そんなものが、できたとして「それがどうした？」という人もあるかと思いますが「そんなこといわないでもいいじゃないすか」。

あまり、先のことを考えられないたちで、自分が老人になったらとか、死んだら、とか深く考えたりしないほうですが、テーマをいただいたことで、少しは考えたらしい。

さいきん、小学校時代の友人と、ちょくちょく同窓会をひらいたりします。まあ、ろうか現象であろうかと思います。みんな、面影はしっかり残ってますが、堂々たる老人です。が、あまりそれは認めたくなさそうなところも、私と似たりよったりです。

そのことには、若干忸怩たる気持もあるんですが、しかし、その気持も込みで、同世代の人に読んで笑っていただけたら、くらいなところが、本書の内容であろうかと、思われます。

（二〇一三年五月記す）

文庫版のためのあとがき

本書の冒頭で六十六才だった私は、現在、七十才である。七十才なら、もう、どう考えたって「ろうじん」だろ、と思うから、今現在はタイトルのようなことは言わない。

読み返してみると、やれ六十になっただのいま五十六だの、いろいろ年が若くなったり老けたりして、いったりきたりするので、ヘンな感じだ。「題」の決まった注文の作文では、ちょうど病気をしていたこともあり、変に神妙にしているのが面映いような気分だけれども、実は去年のいま頃にも、手の平の小指の付け根のあたりに、ホクロのようなものが出来て、メラノーマかもしれないということで、手術で一晩入院したりしていた。

あの時も、やっぱり神妙にしていたのだったか、と思い出すけれども、もう実感はない。この分だと、いくつになっても、

「そろそろ死にそうです」

とか言われると「え‼」と言っておどろきそうだ。いくつになっても変わらない。

なんだか、近頃、自分が老人になったことばかり書いてるみたいになってるのは、この本の出たあとに『おじいさんになったね』だの養老先生のお話相手になった『老人の壁』だの『超老人の壁』だのって題が老人の本が続いたので、まるで老人評論家みたいです。

と、養老先生にぼやいたら、じゃ次に出す本のタイトルは『オレって死んでる?』ってのにしたらいいよ、と仰言《おつしや》るのだった。

さすがに八十才の人はカンロクがあるな、と私は思って、トホホと笑った。

解説　戦争を知らないジジババたち

中野　翠

もう十六年ほど前になるか。東京大田区の「昭和のくらし博物館」で南タカ子さんの作品展が開かれたことがあった。

タカ子さんは南伸坊さんのお母さんで（当時八十代後半）、服やセーターなどを作ったあとに残ったハギレや残り毛糸を使って、さまざまな生きものを作って楽しんでいた。そんな手芸作品に伸坊さんは注目。昭和のくらし博物館で展覧会を催すことになって、私も観に行ったのだった。

いやー、あんなに可憐で愉しい作品展は無かった！　赤の毛糸クズで編まれたタコ（作品名・タコごきげん）や、ピンクのハギレで作られたタイ（作品名・さかなの王様）や、ビーズの目がついた何だかわからないフニャッとした生きもの（作品名・かわいいオバケ）などに、私の頭はゆるみっぱなし。なぜか目頭《がしら》が熱くなったりもして。最高傑作は白い肩パッドを羽に見立て、白地にピンクの線が入ったストローを足にしたハトではないだろうか（作品名・すべったハト）。

「この母にしてこの子（南さん）あり」と思わずにはいられなかった。造型的センスのよさとか面白さというだけでなく、その根本に、何と言ったらいいのだろう、あんまり安っぽく使いたくはない言葉だが、「愛でいっぱい」という感じがしたのだ。何の理由も根拠も無く、心の内側から湧き起こる「愛」という言葉でしか表現できないもの。それが毛糸クズやハギレ利用の生きものたちという形になって展示されていたのだった。

さて。このエッセー集『オレって老人？』は、六十代後半となった頃の南さんが「老い」をテーマにして書きつづったもので、二〇一二年に単行本として出版され、それから五年が経過した今、さらに文庫版化されたもの。

『オレって老人？』と「？」マークがついているところに注目したい。南さんは一九四七（昭和二十二）年六月生まれだから、いわゆる戦後の「ベビーブーマー」「団塊の世代」「全共闘世代」にあたる。その世代が、もっか、ドドッと七十代へと突入しているのだ。

戦後民主教育と高度経済成長の中で育ち、大学生となった者は全国的規模で反乱を起こして「全共闘世代」と呼ばれ、ビートルズに熱狂し、男子でも肩まで届くような長髪にして、学生服を脱ぎ捨て、どこへでもジーンズ姿で出没し、「戦争を知らない子供たち」を声を合わせて歌いあげ、ひたすら若さを誇示して来た、その世代が、ついに「古来稀なり」の古稀なのだ。タイトルの「？」には、老人という概念にもうひとつなじめない当惑感もこめられているように思う。

いったい何という歳月なのだろう。アッという間、ほんとうにアッという間に、若者から老人に。若い若いと思っていても、役所から「健康保険高齢受給者証」といった物が送られて来たり、親しくしていた仕事仲間の編集者たちが次々と定年退職して行ったりして、いやがおうでも「老い」を痛感させられてしまう。

父母の世代、祖父母の世代のことを思う時、私たちの世代はどうやら戦争体験ナシに生涯を終えることになりそうだ。戦争を知らないジジババたち——。

さまざまな形で「若さ」を謳歌して来た、そのツケは、「もはや抗《あらが》いがたく忍び寄って来た〝老い〟という事実にどう対処するか?」という形で回って来た。一番わかりやすい所で言うと、ファッションですね。それまで好きで似合っていると思えていたものが、どうも似合っていない感じがして来るのよ。シラガ、肌の衰え、体つきの変形……。若々しくは見えたいけれど、いかにもの若作りはイヤだ。私と妹(二歳下)は服選びの時は必ずいっしょに行って、「大丈夫⁉」とチェックしあっている。私は黒だの白だのが好きで、カラフルな服はめったに買わなかったのだけれど、顔に若さのイキオイというのが失なわれたせいか、案外、赤とか黄とか緑とかカラフルなものが少しばかりだが似合うようになった(ような気がする)。視力がよすぎて老眼になるのが早かった妹は老眼鏡選びに凝っていて、服とのコーディネートを楽しんでいる。ババアになったらなったで、案外、それなりのオシャレの世界もあるものだなあ——と思っている。

と書いていて、ハタと思い出したが、晩年の母が体調を崩し、入院していた時、私と妹は院内のバアさんたちの入院ファッションを大いに不満に思ったものです。みーんな、何だかボヤケたパステルカラーの花柄パジャマなのだ。華やいで見えるというより逆に老いを強調するように見えた。母には、あえて明快な色の縞や格子のパジャマを着せた（私も入院時には、ぜひ、そうしていただきたい）。

話がずんずんズレて行くようだが、何を言いたかったかというと、南さんはオシャレで、いつも、とってもいい感じのファッションの人だということなのだった。南さんが描くところの昭和の老紳士、こざっぱりと素敵なお父さんファッション、「どうだ、イケてるだろ！」なんていう感じはまったく無く、ほんとうにさりげなくオシャレなのだ。やっぱり（と、ここで冒頭の話に戻る）、南タカ子さんの遺伝子を受けついでいるのだった。もちろん、奥さんの文子さんのアドバイスもあるだろう。

「老人の嗜み」と題する章で、「私は最近、みずからジジイらしくなるために、いろいろと工夫している。本を読む時だけかけていた老眼鏡を、そうでない時にもかけて、しかもズラした鼻眼鏡越し、上目遣いに人を見る……」「老人は不機嫌にしていなくてはいけない」と書き、「近頃のツバメ」と題する章で、「そもそも老人は世の中の本流から外されるから「近頃」のありさまに批判的になれるのである」「無視されたとしても、老人は「近頃」の気に入らないことどもを、糾弾し続けるべきなので、それができるかどうかが問題だ。と私は思う。」うんぬんと書いている。

幸か不幸か、私は南さんが不機嫌にしているところは見たことは無いけれど、ソフト帽をかぶり、黒っぽく長いコートを着て、まさに昭和の初老紳士然とした姿は何度か見ている。世間では案外知られていないようだけれど、南さんは長身のほう。小津映画に出ていてもスンナリはまる、渋いカッコよさ。

南さんはオシャレ。それなのにファッションの話はめったに書いていない。この本でもわずかにしか触れていない。もっと執拗に書いてくれていいのに！――というのが、この『オレって老人?』に関しての、唯一の不満。『シンボー・ファッション』と題する写真集が刊行されることを切に願っている（ゲストは呉智英先生ね。この本でも少し触れられているが、二人の帽子談議、面白いので、もっと読みたい）。

当然のことながら、昭和の頃の思い出話のディテールも懐かしく、わくわく。「アノホラロボットとは何か」の章で語られる力士たちの名前の数かず。「正しい氷水」で描き出される氷梅酒のある氷水屋のたたずまい。ラジオから流れる落語……。一番嬉しかったのは、南さんがコドモの頃に見たという「恐ろしいヒロポンの害」という映画のくだり。その映画、私も見て慄えあがり、ちょっとしたトラウマのようになった記憶があるからだ。ゴジラに追い駆けられる夢もみたのだけれど、それよりこわかった。子どもにとっては完全にホラー映画だったよね、あれ。

「ケンカに弱い考えかた」という章で、南さんは自分のことを「全然ケンカのセンスがない」と書き、「（世の中の人の大部分は）ケンカの弱い人々だ」と書いたうえで、「世の中の常識が、いま、ケンカの弱い人の理屈になっていはしまいか」と疑問を投げかけている。これ、結構、重要な指摘では？「ケンカの弱い人の理屈」

を「女の理屈」と言い換えてもいいような気もする。

南さんは自分を「全然ケンカのセンスがない」と認めたうえで、こう書いている。

「どんなにバカっぽくても、昔の少年漫画や、剣術映画のように、カッコイイのは、気はやさしくて力持ち、強きを挫き弱きを助ける、ケンカが強くてもエバラない、これが本当のカッコイイ人だ。というのを周知徹底しないといけない」。

異議なし！　南さんは実は「硬骨の人」でもあるのだった。

本書は二〇一三年六月、みやび出版より刊行された。

笑う子規　正岡子規＋天野祐吉＋南伸坊

「弘法は何と書きしぞ筆始」「猫老て鼠もとらず置火燵」。天野さんのユニークなコメント、南さんの豪快な絵を添えて贈る愉快な子規句集。（関川夏央）

超芸術トマソン　赤瀬川原平

都市にトマソンという幽霊が！　街歩きに新しい楽しみを、表現世界に新しい衝撃を与えた超芸術トマソンの全貌。新発見珍物件増補。（藤森照信）

路上観察学入門　赤瀬川原平／藤森照信／南伸坊編

マンホール、煙突、看板、貼り紙……路上から観察できる森羅万象を対象に、街の隠された表情を読みとる方法を伝授する。（とり・みき）

反芸術アンパン　赤瀬川原平

芸術とは何か？　作品とは？　若き芸術家たちのエネルギーが爆発した六〇年代の読売アンデパンダン展の様子を生々しく描く。（藤森照信）

老人力　赤瀬川原平

20世紀末、日本中を脱力させた名著『老人力』と『老人力②』が、あわせて文庫に！　ぼけ、ヨイヨイ、もうろくに潜むパワーがここに結集する。

片想い百人一首　安野光雅

オリジナリティーあふれる本歌取り百人一首とエッセイ。読み進めるうちに、不思議と本歌も頭に入ってきて、いつのまにやらあなたも百人一首の達人に。

笑ってケツカッチン　阿川佐和子

ケツカッチンとは何ぞや。ふしぎなテレビ局での毎日。時間に追われながらも友あり旅ありおいしいものありのちょっといい人生。（阿川弘之）

蛙の子は蛙の子　阿川弘之　阿川佐和子

当代一の作家と、エッセイにインタヴューに活躍する娘が、仕事・愛・笑い・旅・友達・恥・老いについて本音で語り合う共著。（金田浩一呂）

あんな作家　こんな作家　どんな作家　阿川佐和子

聞き上手の著者が松本清張、吉行淳之介、田辺聖子、藤沢周平ら57人に取材した。その鮮やかな手口に思わず作家は胸の内を吐露。（清水義範）

男は語る　阿川佐和子

ある時は心臓を高鳴らせ、ある時はうろたえながら、12人の魅力あふれる作家の核心にアガワが迫る。「聞く力」の原点となる、初めてのインタビュー集。

屋上がえり　石田千

屋上があるととりあえずのぼってみたくなる。百貨店、病院、古書店、母校……広い視界の中で想いを紡ぐ不思議な味のエッセイ集。（大竹聡）

そば打ちの哲学　石川文康

そばを打ち、食すとき、知性と身体と感覚は交錯し、人生の風景が映し出される——この魅惑的な世界を楽しむためのユニークな入門書。（四方洋）

一向一揆共和国 まほろばの闇　五木寛之

「隠された日本」シリーズ第四弾。金沢が成立する前の「百姓の国」と一向一揆の真実、「ぬばたまの闇」と形容される大和の深い闇を追求する。

素湯《さゆ》のような話　岩本素白　早川茉莉編

暇さえあれば独り街を歩く、路地裏に入り思わぬ発見をする。自然を愛でる心や物を見る姿勢は静謐な文章となり心に響く。（伴悦／山本精一）

大東京ぐるぐる自転車　伊藤礼

六十八歳で自転車に乗り始め、はや十四年。ペースメーカーを装着した体で走行した距離は約四万キロ！　味わい深い小冒険の数々。（平松洋子）

ダダダダ菜園記　伊藤礼

畑づくりの苦労、楽しさを、滋味とユーモア溢れる文章で描く。自宅の食堂から見える庭いっぱいの農場で〝伊藤式農法〟確立を目指す。（宮田珠己）

ナリワイをつくる　伊藤洋志

暮らしの中で需要を見つけ月3万円の仕事を作り、それを何本か持てば生活は成り立つ。DIY・複業・お裾分けを駆使し仲間も増える。（鷲田清一）

ホームシック　ECD＋植本一子

ラッパーのECDが、写真家・植本一子に出会い、家族になるまで。植本一子の出産前後の初エッセイも。二人の文庫版あとがきも収録。（窪美澄）

ボン書店の幻　内堀弘

1930年代、一人で活字を組み印刷し好きな本を刊行していた出版社があった。刊行人鳥羽茂と書物の舞台裏の物語を探る。（長谷川郁夫）

ぼくは散歩と雑学がすき　植草甚一

1970年、遠かったアメリカ。その風俗、映画、本、音楽から政治までをフレッシュな感性と膨大な知識、貪欲な好奇心で描き出す代表エッセイ集。

いつも夢中になったり飽きてしまったり　植草甚一

男子の憧れJ・J氏。欧米の小説やジャズ、ロックへの造詣、ニューヨークや東京の街歩き。今なお新鮮さを失わない感性で綴られる入門書的エッセイ集。

こんなコラムばかり新聞や雑誌に書いていた　植草甚一

ヴィレッジ・ヴォイスから筒井康隆まで夜を徹して読書三昧。大評判だった中間小説研究も収録したJ・J式ブックガイドで「本の読み方」を大公開！

雨降りだからミステリーでも勉強しよう　植草甚一

1950～60年代の欧米のミステリー作品の圧倒的で、貴重な情報が詰まった一冊。独特の語り口で書かれた文章は何度読み返しても新しい発見がある。

夢を食いつづけた男　植木等

俳優・植木等が描く父の人生。義太夫語りを目指し、のちに住職に。治安維持法違反で投獄されても平和と平等のために闘ってきた人生。（栗原康）

女子の古本屋　岡崎武志

女性店主の個性的な古書店が増えています。カフェを併設したり雑貨も置くなど、独自の品揃えで注目の各店を紹介。追加取材して文庫化。（近代ナリコ）

昭和三十年代の匂い　岡崎武志

テレビ購入、不二家、空地に土管、トロリーバス、くみとり便所、少年時代の昭和三十年代の記憶をたどる。巻末に岡田斗司夫氏との対談を収録。

貧乏は幸せのはじまり　岡崎武志

著名人の極貧エピソードからユーモア溢れる生活の知恵まで、幸せな人生を送るための「貧乏」のススメ！　巻末に荻原魚雷氏との爆笑貧乏対談を収録。

古本で見る昭和の生活　岡崎武志

古本屋でひっそりとたたずむ雑本たち。忘れられたベストセラーや捨てられた生活実用書など。それらを紹介しながら、昭和の生活を探る。（出久根達郎）

酒場めざして　大川渉

東京の街をアッチコッチ歩いた後は、酒場で一杯！　繁華街の隠れた名店、場末で見つけた驚きの店などを酒場の達人が紹介。（堀内恭）

愛とまぐはひの古事記　大塚ひかり

最古の記録文学は現代人に癒しをもたらす。奔放なエロスと糞尿譚に満ちた破天荒な物語の不思議な清浄感。痛快古典エッセイ。（富野由悠季）

既にそこにあるもの　大竹伸朗

画家、大竹伸朗「作品への得体の知れない衝動」を伝える20年間のエッセイ。文庫では新作を含む木版画、未発表エッセイ多数収録。（森山大道）

ネオンと絵具箱　大竹伸朗

現代美術家が日常の雑感と創作への思いをつづった2003〜11年のエッセイ集。単行本未収録の28篇、カラー口絵8頁を収めた。文庫オリジナル。

文壇挽歌物語　大村彦次郎

太陽族の登場で幕をあけた昭和三十年代。編集者の目から見た戦後文壇史の舞台裏。『文壇うたかた物語』『文壇栄華物語』に続く〈文壇三部作〉完結編。

中央線で行く東京横断ホッピーマラソン　大竹聡

東京〜高尾、高尾〜仙川間各駅の店でホッピーを飲む！　文庫化にあたり、仙川〜新宿間を飲み書き下ろし、各店データを収録。（なぎら健壱）

酒呑まれ　大竹聡

酒に淫した男、『酒とつまみ』編集長・大竹聡が、酒とともに出会った忘れられない人々との思い出を自らの半生とともに語る。（石田千）

多摩川飲み下り　大竹聡

始点は奥多摩、終点は川崎。多摩川に沿って歩き下っては、飲み屋で飲んだり、川原でツマミと缶チューハイ。28回にわたる大冒険。（高野秀行）

本と怠け者　荻原魚雷

日々の暮らしと古本を語り、古書に独特の輝きを与えた「ちくま」好評連載「魚雷の眼」を、一冊にまとめた文庫オリジナルエッセイ集。（岡崎武志）

マジメとフマジメの間　岡本喜八

過酷な戦争体験を喜劇的な視点で捉えた岡本喜八。創作の原点である戦争と映画への思いを軽妙な筆致で描いたエッセイ集。巻末インタビュー＝庵野秀明

あさめし・ひるめし・ばんめし　日本ペンクラブ編　大河内昭爾選

味にまつわる随筆から辛辣な批評まで、食の原点がここにある。文章の手だれ32名による庖丁捌きも鮮やかな自慢の一品をご賞味あれ。（林望）

銀座の酒場を歩く　太田和彦

当代きっての居酒屋の達人がゆかりの街・銀座を呑み歩き。老舗のバーから蕎麦屋まで、銀座の酒場の粋と懐の深さに酔いしれた73軒。（村松友視）

悪態採録控　川崎洋
悪口は、生そのものに活力を与える。悪態・雑言が光彩を放っていた時代の小説、落語、狂言などから採録した豊かな言葉、乞味読。（小池昌代）

わたしは驢馬に乗って下着をうりにゆきたい　鴨居羊子
新聞記者から下着デザイナーへ。斬新で夢のある下着を世に送り出し、下着ブームを巻き起こした女性起業家の悲喜こもごも。（近代ナリコ）

『羊の歌』余聞　加藤周一　鷲巣力編
独特な思考のスタイルと印象的な文体はどのように作られたのだろうか。その視点から多くのエッセイを渉猟して整理し、創造の過程を辿る。（鷲巣力）

夕陽妄語1（全3巻）　加藤周一
高い見識に裏打ちされた時評は時代を越えて普遍性を持つ。政治から文化まで、二〇世紀後半からの四半世紀を、加藤周一はどう見たか。（成田龍一）

夕陽妄語2　加藤周一
生きていることを十全に楽しみつつ、政権や国際政治には鋭い批判を加え、しかし、決して悲観的にはならない。代表作としての時評。（鷲巣力）

夕陽妄語3　加藤周一
加藤周一は、死の直前まで時代を見つめ、鋭い知性と明晰な言葉でその意味を探り、展望を示し続けた。単行本未収録分を含む決定版。（小川和也）

人とこの世界　開高健
開高健が、自ら選んだ強烈な個性の持ち主たちと相対する。対話や作品論、人物描写を混和して描き出した「文章による肖像画集」。（佐野眞一）

書斎のポ・ト・フ　開高健／谷沢永一／向井敏
博覧強記の幼馴染三人が、庖丁さばきも鮮やかに古今東西の文学を料理しつくす。談論風発・快刀乱麻の驚きの文学鼎談。（山崎正和）

開高健ベスト・エッセイ　開高健　小玉武編
文学から食、ヴェトナム戦争まで――おそるべき博覧強記と行動力。「生きて、書いて、ぶつかった」開高健の広大な世界を凝縮したエッセイを精選。

これでもかーちゃんやってます　上大岡トメ
少々家が散らかってても、晩御飯が手抜きになってもいいじゃない？　完璧を目指してヘトヘトになるより等身大で子育てを！（あさのあつこ）

今日の小幸せ　上大岡トメ

忙しくてくたくたな日も、お天気が悪くて気分が上がらない日も、アンテナを張っていればごきげんになれます！　小さな幸せを見つけて元気をだそう。

たべもの芳名録　神吉拓郎

食べ物の味は、思い出とちょっとのこだわりで、より奥が深くなる。「鮓」「天ぷら」「鮎」「カレー」……。食エッセイの古典的傑作。（大竹聡）

増補　遅読のすすめ　山村修

読書は速度か？　分量か？　ゆっくりでなければ得られない「効能」が読書にはある。名書評家「狐」による読書術。単行本未収録書評を増補。（佐久間文子）

〈狐〉が選んだ入門書　山村修

〈狐〉のペンネームで知られた著者が、言葉・古典文芸・歴史・思想史・美術の各分野から五点ずつ選び、意外性に満ちた世界を解き明かす。（加藤弘一）

春夏秋冬　料理王国　北大路魯山人

一流の書家、画家、陶芸家にして、希代の美食家でもあった魯山人が、生涯にわたり追い求めて会得した料理と食の奥義を語り尽す。（山田和）

ねにもつタイプ　岸本佐知子

何となく気になることにこだわる、ねにもつ。思索、奇想、妄想はばたく脳内ワールドをリズミカルな名短文でつづる。第23回講談社エッセイ賞受賞。

なんらかの事情　岸本佐知子

エッセイ？　妄想？　それとも短篇小説？……モヤッとするのに心地よい！　翻訳家・岸本佐知子の頭の中を覗くような可笑しな世界へようこそ！

もの食う本　木村衣有子　武藤良子・絵

四十冊の「もの食う」本たち。文学からノンフィクション、生活書、漫画まで、白眉たる文章を抜き出し咀嚼し味わう一冊。

つらい時、いつも古典に救われた　清川妙　早川茉莉編

万葉集、枕草子、徒然草、百人一首などに学ぶ、前向きにしなやかに生きていくためのヒント。古典講座の人気講師による古典エッセイ。（早川茉莉）

清川妙が少女小説を読む　「なりたい自分」を夢みて　清川妙

『赤毛のアン』『大草原の小さな家』などの名作には、生き方のヒントが詰まっている。経験豊富な著者が読み解く、新たな発見。（江國香織）

清川妙の萬葉集　清川妙

四千五百数十首から精選した、恋の歌、挽歌、自然の歌、旅の歌などに表れた万葉人の心を読む。情感溢れる現代語訳と共に。（阿蘇瑞枝／井坂洋子）

自然のレッスン　北山耕平

自分の生活の中に自然を蘇らせる、心と体と食べ物のレッスン。自分の生き方を見つめ直すための詩的な言葉たち。帯文＝服部みれい（曽我部恵一）

地球のレッスン　北山耕平

地球とともに生きるためのハートと魂のレッスン。そして、食べ物について知っておくべきこと。絵＝長崎訓子。推薦＝二階堂和美（広瀬裕子）

死の舞踏　スティーヴン・キング　安野玲訳

帝王キングがあらゆるメディアのホラーについて圧倒的な熱量で語り尽くす伝説のエッセイ。「2010年版へのまえがき」を付した完全版。（町山智浩）

向田邦子との二十年　久世光彦

あの人は、あり過ぎるくらいあった始末におえない胸の中のものを誰にだって、一言も口にしない人だった。時を共有した二人の世界。（新井信）

文房具56話　串田孫一

使う者の心をときめかせる文房具。どうすればこの小さな道具が創造力の源泉になりうるのか。文房具の想い出や新たな発見、工夫や悦びを語る。

ポケットに外国語を　黒田龍之助

言葉への異常な愛情で、外国語本来の面白さを伝えるエッセイ集。ついでに外国語学習が、もっと楽しくなるヒントもつまっている。（堀江敏幸）

その他の外国語エトセトラ　黒田龍之助

英語、独語などメジャーな言語ではないけれど、世界のどこかで使われている外国語。それにまつわる面白いけど役に立たないエッセイ集。（菊池良生）

世界のことばアイウエオ　黒田龍之助

世界一周、外国語の旅！　英語や日本語といった身近な言語からサーミ語、ゾンガ語まで、100のことばについて綴ったエッセイ集。（高野秀行）

私の東京地図　小林信彦

オリンピック、バブル、再開発で目まぐるしく変わる東京だが、街を歩けば懐かしい風景に出会う。今と昔の東京が交錯するエッセイ集。（えのきどいちろう）

オレって老人《ろうじん》？

二〇一八年六月十日　第一刷発行

著　者　南　伸坊（みなみ・しんぼう）

発行者　山野浩一

発行所　株式会社　筑摩書房
東京都台東区蔵前二―五―三　〒一一一―八七五五
振替〇〇一六〇―八―四一二三

装幀者　安野光雅
印刷所　中央精版印刷株式会社
製本所　中央精版印刷株式会社

乱丁・落丁本の場合は、左記宛にご送付下さい。
送料小社負担でお取り替えいたします。
ご注文・お問い合わせも左記へお願いします。
筑摩書房サービスセンター
埼玉県さいたま市北区櫛引町二―六〇四　〒三三一―八五〇七
電話番号　〇四八―六五一―〇〇五三

ISBN978-4-480-43519-4 C0195

ちくま文庫